吉沢久子

人はいくつになっても生きようがある。

老いも病いも自然まかせがいい

さくら舎

◆もくじ

第一章　いくつになっても初体験はおもしろい

第二章　六十六歳からは自分本位で生きてきた

第三章　気ままな「時間持ち」に

第四章　介護や老人問題に思うこと

第五章　日々「続ける」ことです！

人はいくつになっても生きようがある。

●老いも病いも自然まかせがいい

第一章　いくつになっても初体験はおもしろい

九十七歳で初入院

一世紀近く生きてきて、天変地異をふくめた大抵のことは経験してきたつもりですが、まだ足を踏み入れていない世界がありました。

二〇一五年、九十七歳にしてはじめて入院をしたのです。

その半年ぐらい前から、足が思うように動かなくて歩くとふらっとしてよろけそうになったり、家事をしていても心臓がドキドキしたり息切れをするようになり、何だか気持ちが悪くて外出を控《ひか》えるようになっていました。

それでも、がまんできないほどではないし、まぁ年のせいでしょうと、持ち前の呑《のん》気《き》さで陽気に構えて、家の中ではよく働いていました。

そんな折、めずらしく風邪をひいたこともあり、月に一回往診に来ていただいているホームドクターに相談したところ、「一度、くわしい検査をしておいたほうがいいでしょう」となりました。

どこが痛いわけでもない、ただ息が切れたりするだけなので、私自身もその理由を知りたいと思い、先生に紹介状を書いてもらって、近くの総合病院で検査をすることになったのです。

そうしたら肺の片方に水が溜《た》まっていて、ひどい貧血も見つかった。すぐさま「治療が必要なので二週間入院してください」といいわたされました。

担当の心臓専門の先生は、四十代かせいぜい五十代はじめ。ちょうど働き盛りに見え、こちらに納得のいく言葉で、必ずしも患者にとって耳に快《こころよ》いことでない悪くなる可能性についても、はっきりと説明された。その明快さが気に入り、信頼してもいい先生だと思えました。また、むやみに薬を出さないのも気に入りました。

そして先生が、「九十七歳まできたら万々歳《ばんばんざい》だもんね」というから、二人で「そうそう」と。それで「手術はどうしますか。おそらく原因は、老化現象によるものでしょう」というから、「いまさら、しません」と即答しました。

九十七年間、休まずに使ってきたからだですから、ある日突然、壊れたっておかしくないわけです。残りの人生、自然に健康ですごすことができれば、私はそれだけでいい。無理して長く生きていたいとは思いません。

肺に溜まった水は、針を刺して抜いてもらったらずいぶん楽になり、歩いてもハッハッとしなくなりました。ただし、炎症を起こしていたのか肺が少し赤くなっていたようで、先生には「がんとか結核とか膠原病《こうげんびょう》とか、あらゆる病気の可能性がないとはいえませんよ」と釘《くぎ》をさされました。それには驚かず、「この年になれば当たり前ですよ」と笑いながら先生にいいました。

ともあれ、くわしい検査で不調の原因がわかり、その手当てをしてもらったら元気になってきたということです。あとで友だちに聞いてみると、肺に水が溜まったことがあるという方がずいぶんいて、やはり自分ではなかなかわからないみたいです。

退院後は先生のいうことを素直に聞いて、三ヵ月間静かにすごしました。仕事はすべてお断りし、四十六年間一度も休むことなく続けてきた新潟日報の連載も、三ヵ月お休みすることにしました。

それにしても、九十七歳になってもまだ初体験できることがあるのですね。

病院ぎらいで人間ドックも一度も入ったことがない。ましてや入院など無縁《むえん》の私なのだと勝手に思いこんでいた自分に、今回ばかりは裏切られた気持ちでした。

要するにあまりに丈夫であったために病気に対して無知であったわけで、検査入院をしたことによって、私にも弱っているところがあるのだと知らされたのです。

一病息災を肌で感じて

家のことは一切やらない明治生まれの夫と年老いた姑《しゅうとめ》。そんな中で、仕事をしながら家のことすべてを担《にな》っていた私は、自分が倒れたらこのうちは立ち行かなくなるという緊張もあったのでしょう。つねに気が張っていたせいか、とうとうふたりを見送るところまで、私は病気らしい病気もせずにすごしました。

とくに持病もなく、若いころはやりたいことが次々に出てくるので、寝る時間を惜《お》しんで一生懸命に遊んだり勉強したりしました。いまだって風邪かなと思っても、ひと晩寝れば治《なお》ってしまう。本当にそれだけはありがたいことだと感じています。

唯一経験した病気らしいものといえば、ヘルペス（帯状疱疹《たいじょうほうしん》）ぐらいでしょうか。太ももの後ろにブツブツができたのですが、遠方での講演会が入っていたので、新幹線で出かけました。何百人もの方が集まってくださっているのに、「すみません、ヘルペスで行かれません」とはいえません。

歩けないほどの病気なら別ですが、一度ひき受けた仕事は最後までやりとおさなければならない。自分でいうのも何ですが、そういうところはとても義理堅いのです。

このように、人並み外《はず》れて丈夫であったことはありがたいことには違いないのですが、私みたいにずっと丈夫、丈夫で来てしまうとわからないのです、病気というものが。肺に水が溜まって苦しんだ今回の件も、年をとるとこうなるのかと勝手に解釈してぎりぎりまで耐えてしまう。それはちょっと危ないなと思いました。

「一病息災《いちびょうそくさい》」とはよくいったもので、たしかに一病持っていれば、からだに気をつけようという気持ちになるのでしょうが、私には一病もなかった。それが思わぬ落とし穴になるかもしれないということを、遅ればせながら学んだ九十七の冬でした。

結果的にからだがいつもと違う反応をしていた原因がわかり、苦しいのがおさまってほっとしています。原因さえわかれば納得して、これからいろいろなものが受け入れられますが、わからないと気持ちが悪いではないですか。

そして、何といっても人生ではじめての入院は、こんなことをいうのも変ですが、何もかもが新鮮でおもしろかったのです。

「病人」にならないために

「私ね、病気のデパートだけど、病人にはならないの」

そういってニコッと微笑んだのは、作家であり評論家の吉武輝子《よしたけてるこ》さんでした。呼吸障害を抱えていらした吉武さんは、亡くなる五年ほど前から会合や座談会でお会いすると酸素ボンベをひっぱっておられました。ご自分も酸素ボンベにもおしゃれをして、ご本人いわく「ペットです」と。私はその元気そうな吉武さんに、「大丈夫なの、そのボンベ重いんでしょう」と、いつも同じことを聞いていました。

すると、冒頭の言葉が返ってくるのです。私は何もいえず、うなずくしかありませんでした。でも、「病気はしても病人にはならない」という言葉をていねいに受けとめました。

そうかと思うと、病気でもないのに病人のような人もいます。からだは丈夫で長生きしているのに、いつもどこか悪いといっては医者通いをして、薬をたくさん出してもらって満足して帰ってくる人が。

実は私の身内にもひとりいて、今日はちょっと調子が変だとか、からだじゅうが痛むとかいって家族をあわてさせ、いざ病院へ行くと「どこも悪くありませんよ。どうぞお帰りになって、ゆっくりお休みください」と先生にいわれてしまう。つまり、自分でつくってしまっているのですね、病気を。

私もときに呼びつけられましたが決して甘い言葉はかけず、「暇だからそういうことになるのよ。することがあって、夢中になっていたら病気も寄りつかないわよ」と。

もっとも、病人になりきって勝手に薬を飲んで寝ている分にはいいのですが、そんな病状とも思えないのに、いまにも死にそうな声で話すのを聞くのは、願い下げにしたい。だから自分も、病人っぽい声を出すのがいやなのです。

本当に重い病気なら自然にまわりも感じとるでしょうし、そもそも話すことさえつらくなるでしょう。

ただし私の場合、若いころからこそこそとしゃべるのが苦手《にがて》で、人と話すときは自然に声を張ってしまうようなところがあるため、「ここのところ、心臓の調子もよくないんですが」と往診に来てくださるホームドクターに相談しても、声が元気すぎてあまり相手にしてもらえませんでした。

それでも、やはり気持ちだけは前向きでいたい。自ら病気をひき寄せるようなことはしたくないと私は思っています。食べるものはおいしいし、仕事はある。こんなしあわせを大切に、いま暮らしています。

「刻み食」の味

硬めにゆでた枝豆をよくばって食べたせいで歯が欠けていたため、入院中の食事は刻《きざ》み食にしてもらいました。「噛《か》みやすいように、刻み食にしますか」と先生が気をきかせて声をかけてくださったので、刻み食なんてはじめてだからハイハイとめずらしがって頼んでみたのです。

ところが、いざベッドに運ばれてきたものを口にしてみたら、刻みすぎていて、ひとつひとつの味がわからない。唯一これはと思ったのがオクラの酢のもので、あとは全部一緒。はじめは興味津々《きょうみしんしん》で食べていた刻み食ですが、だんだん小鳥のエサのように思えてきて、三日目には普通食に戻してもらいました。

朝食は白飯とパンから選べるので、「いつも朝はパンで、一日二食にしていますので、それではいけませんか」と先生に聞いたら、「いいですよ」とパン食にしてくれたのですが、塩気もなければ脂《あぶら》っ気《け》もない。パサパサで、バターもないからパンが喉《のど》を通らない。これもやっぱり小鳥のエサでした。

なにせ胃腸は元気なので、これでは二週間ももたないと察知した私は、お見舞いに来た姪《めい》に小声でこう頼みました。「うさぎやさんでお団子を買ってきて」と。昔からよく知っている和菓子のおいしいお店が病院の近くにあるのです。

そうしたら看護師さんに怒られてしまいました。「私たちも一生懸命やっていますから、持ちこみはしないでください」と。

入院初心者とはいえ、私もそこまで奔放《ほんぽう》ではありません。あらかじめ先生に「二食ですからおやつは食べちゃいけませんか」と聞いたら、「ケーキひとつぐらいならいいですよ」といってくださったのです。それを伝えると、「じゃあ、聞いてきます」と部屋を出ていった看護師さん。戻るなり、「先生がいいとおっしゃいました」と。もう、毎日何かしらドラマがあっておかしいのです。そうはいっても、入院中は塩や水の制限など、いろいろあったものですから、労せずしてやせました。

さて、二週間の予定といわれた検査入院もいよいよ残すところ三日に。今度は何をするのですかと質問したら、検査の結果待ちだというので、「じゃあ、家に帰ってもいいですか」と、予定よりも早く家に戻ってきてしまいました。

はじめてのことでわからなかったのですが、入院となると検査とか会計などの手続きでけっこう動きまわらなければならないのですね。自分でそんなことはできないので、親類の者についてきてもらい、私は病院のロビーで座っていました。

そのときふと、ここが三十年以上前に夫が救急車で運ばれた病院だったことに気づきました。あまりにも立派になっていたので、すぐには思い出せなかったのです。

入院しても近くにはおいしいお蕎麦屋《そばや》さんも私の好きな中華料理店もある。まさにこれから検査入院が始まるというのに、そんなことを考えている自分に少しあきれました。

いま、歯や目や耳に起きていること

長く生きていると、当然のことながらあちこちにガタが出てきます。年齢の割には耳が遠くないといわれますが、数年前から補聴器のお世話になっていますし、目に関しては四十歳のころに老眼がはじまり、十年ほど前には白内障《はくないしょう》の手術をしました。

そして私は昔から歯があまり丈夫ではなかったので、六十代の頃にダメなものはどんどん抜いて、インプラントにしてもらったのです。

それで、「もう一生大丈夫です」と歯医者さんにお墨付《すみつ》きをもらったのですが、先日、そのときに治してもらった歯は大丈夫だったものの、自分の歯の一本が欠けたと思ったら、他の歯もガタガタと折れはじめ、前歯までなくなってしまいました。

ちょうど本の撮影があったので、「いま、歯が入ってないから笑えないの」といったら、どうしても笑顔の写真を撮りたいとおっしゃる。いやだと粘《ねば》る私に、「平気ですよ。あとでいくらでも修正ができますから」のひとこと。なるほど、できあがった写真にはしっかり歯が入っていました。

ちなみに九十六歳まで生きた姑は、歯ぐきのしっかりしているうちに総入れ歯にしたほうがいいといわれたそうで、悪い歯は抜いてしまい、五十代で総入れ歯にしたそうです。「おかげで歯痛を知らないのよ」といっていたものです。

現在、歯の治療は往診の先生に自宅へ来てもらい、割とゆっくりとしたペースで治しています。

それでもいいですかと聞かれたので「結構ですよ」と。家にいればいいので、こちらも負担がなくて助かっているのです。

診察の日は、先生をはじめ朝から四人がかりでやってきてくださいます。大きな器械が四つ五つあり、それを運ばなければならないから人数が必要なようです。

水なんか何度も取り替えてくれて、ときどき「大丈夫ですか?」と親切に声をかけてくださるので、「はい。だって私は口を開けているだけですから」と返答。本当に家の椅子に座っているだけで申しわけないぐらいなのです。

拡大鏡で未知の世界へ

からだのあちこちに老いのサインがあらわれて、目にも衰《おとろ》えが出てくるのはきわめて当たり前のことです。でも、ものがよく見えなくなってきたからもう新聞も読まない、本も読まないというのでは寂しい。見にくくなってきたら、拡大鏡のようなものをどんどん使ってみてはいかがでしょうか。

私の場合、ものが見づらくなると眼鏡を替えたりしていたのですが、九十歳ぐらいから拡大鏡を積極的に使いはじめ、いまや大きなサイズから四角いもの、丸いもの、そして電気がつくものまで、あらゆるタイプの拡大鏡がわが家には揃《そろ》っています。

いちばんよく使っているのは四角いタイプで、甥《おい》に頼んで買ってきてもらいました。縦長《たてなが》だから、新聞を読んだり文庫本を読むときにはちょうどいい。このごろは、これがないと小さな字がちょっと見づらいのです。また、誕生日のプレゼントにいただいた、ちょっとおしゃれなルーペは、エッシェンバッハというドイツ製のものです。

近ごろは、六十代の姪も夜になるとものが見づらくなることがあるようで、テレビショッピングで気に入った拡大鏡を見つけて、「二つセットだから困っちゃう」「ひとつはおばちゃん買ってね」などといっています。家にいると暇だから、そういうものをよく見ているのです。

結局、私もひとつ買うはめになったそれは、ＬＥＤライトつきとかで電池も長持ちするから交換の手間がなくてなかなか便利。夜細かい字を見るときに活躍しています。

外に持ちだして花を見るときには、虫眼鏡の出番です。庭の小さなイヌフグリの花を拡大してみたら、肉眼では知る由《よし》もなかった凛《りん》とした美しい姿が目に飛びこみ、以来、夢中になってあらゆる小さな花をのぞきこむようになりました。

また、バードウォッチング気分でニコンの双眼鏡を構え、庭にやってくる野鳥たちを、息をひそめて眺《なが》めるのも楽しいひとときです。

目の衰えは決してうれしいことではありませんが、拡大鏡を使うことによって新たな世界が拓《ひら》け、子どものようにワクワクする時間が持てたのは、私にとって大きな喜びとなりました。

お医者さんも知らない九十八歳の肉体

最近になって気づいたのですが、いまの診察というのはほとんど人のからだに触れなくなっているのですね。変なものに入れられたり、機械がいろいろ調べたものをパソコンで見ながら、お医者さんが患者に質問をしたり説明をする。

この方法だと、数値上で正常ならば大丈夫だということになってしまうような気がします。

現に、毎月検診を受けていた私も、数値としては異常がなかった。でも、足もとのふらつきがおさまらないので、心臓がちょっとおかしいと訴えてはじめて、だったら精密検査を受けましょうということになったのです。そして、検査入院をしてみたら肺に水が溜まっていることや貧血であることがわかりました。

ふり返ると、昔のお医者さんはもっと患者と密に接していたし、肺に水が溜まっていることなど触診《しょくしん》や打診で見つけていたような気がします。いまのようにどんどん出てくる新しい機械に頼って生身の人間と向きあわないと、からだの細かな変化まではわからないのではないでしょうか。

人間ドックから出てきて、数値には何の異常もなかったのに、次の日に死んでしまう人もいれば、私の姑のように上の血圧が二〇〇ぐらいになっても知らん顔して、薬も飲まずに九十六歳まで生きることだってあります。数値ですべてがわかるほど、人間のからだは単純にできていないのだと思います。

それにしても、これだけの超高齢社会というのはお医者さんも経験していないでしょうし、世界にも例がないだろうから、私のような年齢になって正式な病名がつかない、急な手術を要するわけでもない状態の者に対して、病院はかえってどう処置をしてよいかわからないのかもしれませんね。

九十八歳の血液検査をしたところで、それがはたして正常なのかどうかも判断がむずかしいだろうし、二十代、三十代のお医者さんにとって、八十代、九十代、ましてや百歳になろうとしている人間のからだは、想像を超えた世界だと思います。

だからこそ、データ頼みではなく問診や触診をどんどんして、いろんな角度からからだの変化を読みとり、面倒でも患者にわかるように説明してもらいたい。また、患者のほうも利口にならないとダメですね。

お医者さんに頼るだけではいけない。必要であればセカンドオピニオン、サードオピニオンもとったほうがよいと私は考えています。

病気や薬との賢いつきあい方

退院後に仕事を休んでたっぷりと休養したものの、いまでも病気でないとはいえなさそうです。けれども、毎日やることがたくさんあるから、そんなことにつきあってはいられません。

あまり病気のことばかり気にしてもだめだし、かといって私みたいに気にしないのもだめなのでしょう。体力の衰えでできないことはあるものの、食事も掃除も洗濯も、来客へのお茶出しも、ゆっくりゆっくりの行動ながら、なんとか普通にこなしています。

現在はホームドクターによる診察を月に一度受けており、薬も家まで持ってきてもらえるのでたいへん助かっているのですが、処方された心臓の薬を飲むと、ちょっと目がチカチカするような副作用が出ることがあるのです。

そのことを先生に告げたら、「そんなことはないはずですけどね」とおっしゃるのですが、処方箋《しょほうせん》にもそのことが書いてあるし、心臓専門の先生が「これは長く飲んじゃいけないから、このぐらいにしておく」とおっしゃっていたのを思い出し、それを頼りに一生懸命に抵抗しているのです。

それで、「まあ、一日置きでもいいですから飲んでください」ということになったので、それならばと飲みつづけています。

なるべくなら薬は飲みたくない。私の薬ぎらいには、ちょっとした理由があるのです。

以前、風邪を早く治したいと思って病院に行ったら、血圧が高くなっている、腰の骨がずれているなどと注意されて、通院をいいわたされました。すでに七十歳を超えていたので冷静に考えれば不思議なことではありませんが、「丈夫で長持ち」を自慢にしていた私はショックを受けました。

そして、お医者さんから「少し休憩をとりましょう。重いものを持つのは避けて、軽い運動をしてください」などと、いわれなくてもわかっている注意を受け、薬を山ほどもらって帰ったのです。以来二十年以上、そのときに処方された血圧降下薬を律《りち》儀《ぎ》に飲みつづけていました。

しかし他の治療で血圧降下薬を飲んでいなかったときに血圧を測ったら、「九十代でこのくらいなら当たり前すぎるでしょう」と先生にいわれ、「あ、そうか」とあっさり薬をやめてしまったのです。

かつては上が一五五ぐらいだったのが、いまは一一〇～一二〇ぐらいに落ち着いている。だからおかしくて、「どうしてでしょうね」といったら、先生も「どうしてでしょう」と首をかしげていらっしゃいました。

血圧はたえず変化しているといいますから、おそらく疲れているか何かで高くなっているときの数値をもとに、ずるずると処方を続けてきたのでしょう。それで、いざ薬をやめてみたら何ということもないのです。だから、いままで飲んでいたのは何だったのかと思い、お医者さんが信用できなくなってしまいました。

いま、病院へ行くとやたらに薬を出されます。飲み切れずに家庭に残ったいわゆる「残薬」は、年四百億円を超えるなどと新聞に出ていました。

私が若いころ目にした年寄りは、おそらくこんなにたくさんの薬を飲んでいませんでした。もっとも国民皆《かい》保険制度のない時代でしたから、簡単に薬をもらうことなどできなかったのかもしれませんが。

「薬を飲んでいると、なんとなく安心」という人もいるかもしれませんが、効果が大きいものほど副作用も高まるといわれるのが薬で、裏を返せば副作用がほとんどない薬は効果もそれなりといえるかもしれません。

それが本当に自分に必要な薬なのか疑問に感じたら、なじみのお医者さんなどに聞く勇気を持ちたいものです。結局、自分のからだを守るのは自分しかいないのですから。

「安静」には要注意

「歩いて入院、出てくるときは車椅子」という、笑うに笑えない言葉を聞いたことがあります。

三十歳をすぎると、私たちの筋力はどんどん低下して、一日安静にしているだけで一〜二歳老化するといいます。二週間も三週間も寝たきりの生活を送っていたら、いざ退院となっても若い人だってすぐには歩けないでしょう。ましてや高齢者においては、それまで普通に歩いていた人も、入院を機に車椅子に頼らざるを得なくなるということがあるようです。

私の担当をしてくださった先生も、お母さまを入院させたら歩けなくなってしまったといい、私には毎日のリハビリをつけてくれました。

入院がはじめてならリハビリも人生初。一体どんなことをするのかと思ったら、

「足を上げてください」とか「あそこまで歩いて」とか、そういうことなのです。「これなら自分でもできます」と思わずいってしまいました。

ただし、足を上げなさいといってもどの程度動かせばいいのかという、細かい部分が大切なのでしょう。何度かくり返すうちに、だいたいの方法は覚えましたし、リハビリ担当の方とお話しするのも楽しい時間でした。

しかし、必ずしもリハビリがつくとも限らないし、病人にしても、つらいリハビリをするよりも寝ているほうが楽でしょう。入院してリハビリまでつけてもらって、私のように自分でできるなんていいだす人間はあまりいないから、病院のいいなりになって弱ってしまうのかもしれません。

でも、本来はいったほうがいいと思います。「自分で歩けます」とか「もう家に帰りたい」ということを。自分の問題ですから。それでだめだといわれたら、違う方法を考えればいいだけです。

病人に対して安静にしてくださいということで病院側は申しわけが立つのでしょうが、患者の立場からすれば自分の生活がかかっているわけですから、たいした病気でもないのにいつまでも寝てろといわれても困ってしまいます。

そう考えると、つくづく安静という言葉は怖いですね。いかにもからだにいいような響《ひび》きを持っているから。お医者さんに限らず、年寄りがちょっと疲れたというと周りはすぐに、「たいへんだから安静にしていらっしゃい」などと口にします。

けれども、用心しすぎていつまでも横になっていると、本当に歩けなくなる可能性がある。普通に健康であれば、動けるときはよく動き、疲れたら休む。それでいいと私は思っています。

約二十年間ともに暮らしていた姑は、自己流の体操を一時間、髪のブラッシングは百回というのを毎朝の日課にしていました。

それが九十代に入ってからは、寝ながら体操になっていきました。「布団の中で指折り十回、足を曲げたり伸ばしたりを二十回、目をくるくる回すのが十回。けっこういい運動になるのよ」と。たとえ布団の中でも、自分のできる範囲で意志を持ってからだを動かしつづけたということが、九十六歳まで生きた姑の大きな礎《いしずえ》になっていたのだと思います。

世の中の景色が変わった白内障の手術

私が白内障の手術をしたのは、八十五歳のときです。毎日目にする新聞や本が読みづらくなってきたので、そろそろと思いながらも先延ばしにしていたのですが、妹がお世話になっていた、信頼できる眼科の先生が順天堂《じゅんてんどう》大学病院にいらして、「僕、これまでに白内障の手術を三千例ぐらいやったけど、全部成功しているから大丈夫ですよ」というので、おまかせしようと。

その先生、若すぎず老いすぎず、まさに脂がのっているといった年齢なのです。なんといっても緻密《ちみつ》さが要求される目の手術ですから、手先のブレなど絶対に起きてほしくないというのが私の願いでした。

最近は白内障の手術も、医療技術と医療機器の進歩のおかげで短時間で終わると聞きましたが、万が一ということも考えました。

子どもを持たなかった私は、夫を見送ったあと、当然のこととしてひとり暮らしをしています。そして、ひとりで生活ができる間は、できるだけ長くいまの家で暮らしたいと思っています。しかし、目の手術でもしものことがあれば、ひとりではもう暮らしていけないでしょう。ふと、そんな不安がよぎりました。

でも、起きてもいないことを考えても仕方がない。そして持ち前の呑気さから、「まあ、もう片目あるのだから、たとえうまくいかなかったとしても、それから考えよう」と、あっさり割り切ってしまいました。

さて、無事に手術を終えて何よりも驚いたのが、白い花の美しさです。ちょうど庭にこぼれ咲いていたそばの花や玉すだれ、花みょうがといった見慣れた花たちが、まったく違った姿となって目に飛びこんできました。そして「この花は、こんな色だったのね」「この花には、細い黄色の線が入っていたのか」と改めて感動したのです。

手術を終えて「白」という色をしっかりと受けとめられたことは、しあわせとしかいいようのない思いですが、一方で小さな不安もよぎりました。白一色だと思っていたものがそうでなかったということは、花に限らずすべてのものに対して見えていないところがあったのではないか。つまり、本当のものが見えていなかったのではないかということです。

「もっとていねいにものを見なさい」「美しいものを見逃すな」……私はどうも雑で、よく夫からそういわれました。そのころは、ものをていねいに見る余裕などなく、また何かを見逃しているという自覚さえなかったのですが、夫を見送り少しゆったりとできる時間を持つようになったら、夫の言葉の意味が痛いほどよくわかるのです。

のんびりしようと決めこんだ日に、椅子に座ってただぼんやりとガラス越しに新緑やつつじに降る雨を眺め、冬の終わりに雪が降ったあと、日の光で濡《ぬ》れた土からゆらゆらと立ちのぼる陽炎《かげろう》にじっと見入ってしまう。こういったことは夫の存命中には決してなかった時間です。

仕事も家事も家族とのつきあいもと追われるように動きまわっていた時代には、ほとんどのものが見えてはいたけれど、「見ていなかった」のだと思い知らされました。ものが見える、見えないということがいかに人生を左右するか。白内障の手術を終えて改めて考えさせられました。

第二章　六十六歳からは自分本位で生きてきた

六十六歳で「古谷さんの奥さん」を卒業

昭和四十四年（一九六九年）、一週間ほど九州へ取材旅行に出たときのことを、私はこんなふうに新潟日報の連載コラムに綴《つづ》っています。

ぬかみそをかきまぜなくてよい解放感の裏側で、ぬかみその調子が悪くなっていないだろうかという気持ちが働き、快《こころよ》い暖房のホテルにいて、わが家の石油ストーブは調子よくいっているだろうか、と考える。その意味では、解放などされてはいないのである。よきにつけ、あしきにつけ、主婦とはそういうものなのだと思う。

（新潟日報　家庭面「家事レポート」昭和四十四年十一月二十日より一部抜粋）

これ以上ないというほどの解放感を楽しみながらも、家のことが気になって落ち着くことができない。この気持ちは、結婚している間ずっとあったような気がします。

夫と暮らした三十四年間、家事評論家の吉沢久子として料理番組に出演したり、本を執筆したり、講演をしたりしていても、やっぱり私は「古谷《ふるや》さんの奥さん」でした。

本当の意味で「自分」が始まったのは、夫を見送ってひとりになった六十六歳のとき。余生ではなく新しいステージが待っていたのです。


夫が亡くなって一週間目、大阪での仕事を終え新幹線に飛び乗ろうとしたら、大雪で運休となっていました。ふと、「そうか、もう急いで帰る必要はないんだ」と気づいた私は、その晩に泊まったホテルで気持ちを切り替えました。

「これからはずっとこの生活が続くのだ。これはきっと夫やおばあちゃまが、ご苦労さんと私にくれた贈りもの。だったら精いっぱい楽しませていただきましょう」と。

それからは、遠方での講演などにも喜んで出かけ、執筆もバリバリこなしました。また、夜のパーティや会食、友だちとの旅行など、これまではほとんど出たことのなかったイベントにも気軽に参加。いつか行こうと夫と計画を立てながらも実現が叶《かな》わなかった、夫の出生地であるベルギーへの旅行も、ひとりになったらホイホイと出かけてしまいました。

そうそう、夫を亡くしたあと、すぐに友人が食事会を開いてくれ、その席でこんなことを聞かれたのです。「ところであなた、これからまだ結婚なさるつもり?」

それに対して「いいえ、もうまっぴらでございます」と私が即答したものだから、一同大笑い。結婚したことに後悔はありません。でも、ひとりになって、これからは誰にふりまわされるわけでもなくわがままに生きられると思ったら、その自由を自ら手放したくはありませんでした。

それまでは、日々やることに追われているだけで、人生プランなど立てる余裕もなく暮らしていました。でも、ひとりになってからの三十年あまりは、自分の責任で生きる厳しさと、しかし、自分の意思《いし》でものごとを決めていけるすがすがしさを感じて暮らしてきたのです。

そしていま、つくづく思うのです。私、六十六歳から元気になったなって。若いときよりずっと自由にもなりました。そして古くからの友人にはこういわれました。

「ひとりになったらあなた、いきいきしてきたわね」

二人とも夫を見送っているので、思わず顔を見合わせて笑ってしまいました。

どんどん心の欲ばりになる

夫と姑《しゅうとめ》との三人での暮らしでは、私が大黒柱のような存在でした。仕事を持っているので、家事は短い時間で次から次へとこなさなければならず、やっと掃除が終わったと思ったら、「ちょっとお茶をいれて」なんて声が飛んでくることも日常茶飯事でした。

やがて姑に認知症の症状が出はじめました。私は姑のことが大好きで尊敬もしていましたから介護をすることはいやではなく、むしろ変わり果てた姿を他人に見せたくなくて、最後まで自宅でほとんどひとりで看取《みと》りました。

介護が始まると、昼も夜も気が休まる暇がありません。ようやくオムツをかえて汚れものを片づけ、洗濯して、やれやれとふたたび様子をうかがいに部屋をのぞくと、オムツをきらって取ってしまっている。そんなときふと、このくり返しはいつまで続くのだろうと、逃げだしたくなる気持ちになることがありました。そして、疲労がピークに達すると、イライラしてつい夫に当たってしまうのです。

こうした経験を通して、だんだんわかってきました。私にはひとりで過ごす時間が必要だと。ひとりの時間がないことが、どんなにつらいことかということに気づいたのです。

最初はそれでも遠慮していました。でも、家族には申しわけないけれど、仕事に行くふりをして海を見に行ったり電車に乗ったりして自分だけの時間をすごすと、すっと気持ちが楽になりますたがんばれる。そして、家族にもやさしくなれるのです。

夫はよく私のことを「安上がりな女だな」といいました。着物やアクセサリーをほしがらなかったからです。ほしかったのは自分の時間。ただ、自分の時間だけがほしかったのです。

いまは、家族を見送って完全にひとりになり、気にかける相手もいなくなりました。それまでがあまりにもあわただしかったこともあり、ひとりになって存分に眠ることができ、自分の身のまわりのことだけしていればいい身分になったら、あんまり楽で気が抜けたようになってしまい、こんなに自由でいいのかと、かえって落ち着かない気持ちになるほどでした。

私にとって、ひとり暮らしほど気ままなものはありません。夫がいたころは自由にならない時間が多かったから、二十四時間自分のものだと思ったら、とても豊かな気持ちになれました。

年をとるにつれ、ますますモノをほしがらなくなったその一方で、あれも見たいこれもしたいと、心の欲ばりはどんどん増えていったのです。

私にはひとり暮らしが合っている

ひとことでいうと、ひとりの生活というのが、私には合っていたのだと思います。

家族がいたころは、日曜祝日も関係なく、誰よりも早く起きて食事のしたくをし、夜は夕食の片づけや掃除をしたあと、ようやくできた自分の時間で明日までに仕上げなければならない書きものをするということもしばしばでした。

いまは堂々と八時半まで寝ますし、ときには九時までうとうとしていることもあります。食事だって、自分が食べたくなければつくらなくてもいいし、おなかがすけば好きなときに好きなものをつまめばいい。まわりに迷惑さえかけなければ、いやなことはしなくていいし、時間の使い方も自分で考えられます。

何を当たり前のことをと思う方もいらっしゃるかもしれませんが、そのような生活はそれまでの私の人生では考えられなかったことで、六十六歳にしてはじめてひとりの暮らしというものを味わってみると、これがまったくストレスがありません。

逆にいえば、私は人といると気をつかいすぎて疲れてしまうことが多いのです。寂しいでしょうといわれてよその家へ招かれて気をつかうよりも、家でメダカと遊んだり、葉っぱを刻《きざ》んだり、ぼけっとテレビでも見ているほうがずっと気が楽で、お気づかいはたいへんありがたいのですが、ひとりの時間がいちばん心休まるときです。

だからといって、この暮らしを人にすすめるつもりはありません。

夫を亡くして何年経ってもひとりで寂しいという方、まだ夫と一緒に行ったところには行かれない、人ごみで気づくと夫に似た人を探しているといったお手紙をくださる方がいらっしゃいます。また、性格的にひとりが苦手《にがて》という方もいるでしょう。

私は少し変なのかしらと思うぐらい、夫を亡くして感傷に浸《ひた》ることもなくあっさりと自分の生活に入ってしまいました。

何だかんだいっても、やはり生きている人間が中心ですから、どうせなら明るく生きたほうがいい。家にこもってひとりでじっと寝ていると、ろくなことを考えないから、そういう意味でも安静は危ないと思うのです。

もっとも、ときどき甥《おい》や姪《めい》が子や孫を連れて遊びにきますし、仕事関係の方もしょっちゅうわが家にいらっしゃいます。そして、ご近所さんとも古くからのつながりができていますから、ひとりの暮らしが始まって三十年以上経ちますが、楽しいばかりで孤独感はありません。

まわりの方からは、「仕事ではじめての人に会ったり、その年齢で来客があると疲れるでしょう?」などといわれますが、人と話せばそれだけ知識も増えて楽しいし、くたびれたら終わってからパタンと寝ちゃうことができる。ひとりって、そこがいいのです。

疲れたら横になる、風邪かなと思ったらすぐに寝てしまう。そうすれば、翌日にはケロリとしています。自然まかせの生活は、そのまま私の健康法にもなっているのです。

年を重ねるほど大切になる身ぎれいさ

アクセサリーはほとんど持たず、衣類は小さなクローゼットに入る分だけ。若いころからファッションや化粧にあまり関心がなかった私は、五百円の服を着ても一万円のものを着ても気持ちの上ではさほど変わりがないのです。

アイロンかけがあまり好きではない私は服選びの基準にいたっては実に明快で、肝心なのは手入れが面倒でないかどうか。よって、クローゼットに並んでいるのはシワになりにくい、扱いやすいものばかりです。

ただし、人に不快感だけは与えないよう、身だしなみには早くから気をつけていました。

年齢を重ねるとどうしても全体が汚れた感じになってくるものです。顔はしわくちゃになるし、皮膚もくすんでくる。髪の毛だってハリやツヤといったものは失われていきます。そこにがまんや恨《うら》み、見栄《みえ》、傲慢《ごうまん》さなど満たされない思いが加わると、いっそう表情を暗くします。

とくに家にひとりでいるときは緊張感が欠けて、だらしない恰好《かっこう》ですごすことも多いことでしょう。だから私はいまでこそ、からだと相談しながらですが、朝起きると入浴をすませ、湯あがりついでに髪のブラッシングをして口紅をひと塗り。そして自分の元気な顔を鏡の中に確かめるということを長年の習慣にしてきました。からだも衣類も清潔にすると、どこかシャキッとして気持ちのよいものです。

そんな私にとって最高のお手本になったのは、二十年あまりをともに暮らした姑でした。

家の中でもうっすらと化粧をし、手入れの行き届いた着物を朝と夕でさりげなく着替えて、髪は近くの美容院できれいに整えてくる。誰に見せるわけでもなく、まさに身だしなみとして当たり前のようにおしゃれを楽しみ、ぼけが始まる九十三歳まで老《ろう》醜《しゅう》を感じさせず、美しい老いの姿を見せていた姑に、私は尊敬を持っていました。

それまでは肌着などは自分で手洗いしていた姑でしたが、九十代に入ってからは、お風呂のあと肌着を洗濯機にだまって入れておくようになりました。洗濯も面倒になったのでしょう。髪を洗うのが面倒ではなかろうかと思って、近所の美容院で洗髪してきたらとすすめましたが、これは習慣がなかったためか、よく自分で洗っていたのには感心しました。

そんな姑の姿を見ていたので、せめて私も頭がたしかなうちは、人に老醜を感じさせることだけは避けたいと思ってきました。これはお金があるとかないとかではなく、質素な衣類でもいいから不潔感をつくらないようにしたいし、豪華な家でなくても住む人の心がけで清潔感のある気持ちのよい空間を生むことはできると信じています。

年齢を重ねるほど大切なのは、若く見せようということではなく、気持ちの部分をふくめた身ぎれいさ、清潔というおしゃれではないでしょうか。

自分の舌を喜ばせたい

ひとりで暮らすうえで気をつけているのは、食事はできるだけ自分でつくって食べるということです。「たいへんではないですか？　だって面倒でしょう」「どんなものを召《め》しあがっているんですか」。いまでも自分で台所に立って食事をつくっているというと、みなさん信じられないといった顔で質問をしてこられます。

ある雑誌社の方からは、このごろは年をとるとご飯の支度を面倒に感じてやめてしまうけど、それをどう思うか何でもいいから書いてほしいといわれました。

私だってそれは面倒くさいと思う日もあります。けれども、そのあとでおいしいものが食べられると思ったら、おもしろがってやらないと損ではないですか。面倒ということよりも私の場合、おいしいものを食べたい、つくることが好きという気持ちがまさってしまっているのです。

もっとも、私も家族がすべていなくなったとき、半年ぐらいは台所に立つのがいやになってしまったのです。自分のためだけならどうでもいいやと、買ってきたお惣菜《そうざい》ですませたり、近くに住む妹や友人の家でご馳走になることも多くなりました。そんな折、外出のついでに昼食をとろうと入った日本料理のお店で、スイッチが入ってしまいました。

突《つ》き出しに出てきたのが大好物の柿の白和《しらあ》えだったのです。そうしたらおいしくて、もっと食べたいけどお代わりを頼むわけにもいかず、帰りにさっそく柿を買い求めて久しぶりに自分のために料理をしました。

そしてできあがった柿の白和えを好きなだけ食べたら、すっかり満たされた気分になり、やっぱり自分の舌は自分で喜ばせるしかないと確信。ふたたび台所に立つようになったのです。

ただし、鰻《うなぎ》やお寿司、天ぷらなど、外で食べたほうがおいしいものは、親類や友人を誘っていそいそと食べに出かけます。

いまでこそ女性ひとりの外食はめずらしいことではありませんが、私が若い頃は女がひとりでどこかへ食べにいくなんてまずできなかった。だから六十代になっても、顔なじみのお店は別として、私はひとりで外食をするのが苦手でした。かといって外食のたびに人を誘うのも気がひけます。だったら自分でつくるほうがいいや、というのも自炊の再開を後押ししたといってよいでしょう。

とはいえ、何も特別なものをつくっているわけではなく、茄子《なす》がおいしい季節ならシンプルに茄子を焼いたり、味噌炒《みそいた》めにする。そのときどきで手に入るものをうまく組みあわせて、できたものを一生懸命に食べるだけです。逆に、「ああ、これはきょう食べなくてもいいかな」と思ったら素直にやめる。なにごともからだと相談しながら。これも得意の自然まかせです。

そんなことをどこかに書いたら、「私はあなたと違って、料理をすることがきらいだ。スーパーのお惣菜でも、だんなはおいしいと食べるから、それでいいと思う」といった投書をいただいたことがあります。

もっともだと思います。それでうまくいっているのなら、人がどうこういうことではないですよね。ただ私は、自分でつくったほうが中に入っているものもわかるし、何よりも食べることが好きだからつくることに力を惜《お》しまないというそれだけです。

ただし急ぎの仕事があるときは、つくる楽しみを割愛《かつあい》してそちらにエネルギーを注ぎます。たまには、冷蔵庫の掃除をするつもりで、中にある材料を使って、バランスよく食べればいいと思っています。

あると便利な保存食とつくり置き

ひとりが食べる量は少ないから、つくったおかずは食べ切るまで、何度も食卓に出してしまうこともあります。また、少しだけつくるのでは、おいしくないものもあるでしょう。

私の場合、カレーなどつくっても一度では食べ切れないものや、一度に三合ぐらい炊かないとおいしくない白いご飯は、すぐに小分けにして冷凍庫に入れておきます。

いま、わが家には小さめの冷蔵庫が二つと、冷凍庫がひとつあります。この独立した冷凍庫がわりあい便利で、容量もたっぷりあるし中身がひと目でわかるのがいい。ここにお肉でも鰻でもなんでも、食べたいときのために入れておけるわけです。

冷蔵庫に入れておくとうっかり使い忘れてダメにしたりする生姜《しょうが》は、すりおろして冷凍してしまいます。薄く板状にのばしてラップに包んでおけば、必要な分だけポキッと折って使えます。お粥《かゆ》の薬味にしたりお肉を炒めたりするときはもちろん、紅茶を飲むとき、このすりおろし生姜をちょっと入れると、いつもと違う風味を楽しめます。食いしん坊だからいろいろなことを考えるのでしょう。

それから凍《こお》らせておくと便利なのが、たらこペースト。塩たらこを同量のバターと練《ね》りあわせただけのものですが、クラッカーやトーストに塗《ぬ》ったり、スパゲティの具にもぴったり。ゆでたてのスパゲティにたらこペーストをさっとあえて食べるのが、私は大好きです。

ほかにも、ゆがいたほうれん草やマッシュポテト、チャーハンなどのつくり置きが凍らせてあるので、食事の準備にそれほど手間はかかりませんし、親類の子どもたちが急に遊びに来ても、ちょっとしたお昼ご飯ぐらいは出してあげられます。

そうそう、お餅《もち》も優秀な保存食です。「喉《のど》につまらせると危ないから、年寄りは気をつけないと」と、甥や姪から注意を受けていますが、お餅は私の大好物。とくに年をとってからはおつゆと一緒に食べるのが好きで、お正月に「ひとり雑煮」を楽しむこともあります。

かまぼこなどのいただきものがあると、昆布とかつおぶしでだしをとり、庭から小松菜や小ねぎを取ってきて、澄んだおだしの中に焼きたてのお餅を入れる。さっぱりとして気持ちまでうるおいます。

お餅は災害時のことも考えて、定期的に通販で取り寄せています。一度味見をしておいしかったので、以来十年ぐらいになるでしょうか、同じところから届けてもらっているのです。そして、よそでお餅をいただくときや、おなかがすいているときは、大きな固まりを飲みこみそうになるので、気をつけています。

社会から閉ざされないためにやっていること

私の家には、ちょっと変わったコーナーがあります。壁には半畳《はんじょう》ほどの大きさの黒板がかかり、その前には小学校にあるような木の椅子がずらりと並んでいる。この寺子屋を思わせるような場所で月に一度開催しているのが、十数人のメンバーが交代で自分が研究したことを発表する「むれの会」です。

だいたい日曜の午後から夜にかけておこなわれるむれの会は、熊の子学校という名でスタートして今年でちょうど五十年目。メンバーは知的好奇心にあふれた方ばかりで、人物伝、女性史、万葉集の詩歌などテーマはさまざまです。同居していた姑が認知症になったり、夫が体調を崩《くず》して多忙を極《きわ》めた一九八〇年代のはじめも、この会だけは自宅で続けてきました。

年をとってくると、どうしても外出しにくくなります。からだが思うように動かなくなり、ちょっとした段差でつまずいたり、何かにぶつけたりしてケガをする危険も増えてくる。ケガがきっかけで寝たきりになってしまう人も少なくありません。

そうして外との接点が減ってくると、社会に対して無関心になりやすいものです。無関心になると自分がどれだけ充実しているかということもわからないし、充実していないから社会に関心がなくなるということもあるかもしれません。

孤独というのは、何か自分でつくってしまうようなところがあると思うのです。とくにひとり暮らしの場合、一日誰ともしゃべらないということも少なくないでしょう。だからこそ、私は年を重ねてこそますます人づきあいが大切になってくると思っています。外に出ていくのがむずかしければ、社会を家の中に呼び寄せてみてはどうでしょう。

「むれの会」も、そんな思いから生まれました。いいだしたのは夫で、理由は「年をとったら友人も減って寂しくなるだろうから」ということで、「人生の中でもっともたしかに身につけたものを生かして、社会と接点を持ちつづけることが老後は大切で、誰かの役に立っていると思えることが、生きがいにつながる」とも話していました。

同じ方向、同じ楽しみを持つ夫の友人たちとこの会をスタートした当時、私は四十八歳。当時は夫の言葉が響《ひび》きませんでしたが、いまはその意味がわかりすぎるほどわかり、勉強仲間がいることのしあわせ、社会を家に呼ぶという知恵を家族から教えられたことに気づいたのです。

月に一度とはいえ、この会のために割《さ》く時間は少なくありません。親しい者どうしの集まりですが、その日は家じゅうを自由に使ってもらうので、まずは積みあげている雑誌や新聞を片づけて掃除機をかけ、台所も使いやすいように整理しておく。その他、スリッパやお茶のしたくをしたり、資料も揃《そろ》えておかなければなりません。

来客は最良の掃除機とはよくいったもので、この日が近づくと自然に部屋の片づけに励むし、体調も整えておこうという気になる。主催者として準備をすることで、ルーズになりがちなひとり暮らしに、いい緊張感を持たせてくれるのです。

それにこうした定例の会はお宿がないとなかなか続きません。外で会場を借りればお金がかかるし、持ちまわりといっても受験生がいてむずかしいという家庭も出てくるでしょう。

わが家でやれば、会のあとにとんかつ弁当をとるにしても、「ごはんはうちで炊《た》くから」といって、二百円のライスを省《はぶ》いてとんかつだけ注文すればすむし、お茶やジュースはいただきものなどを自由に飲んでもらえばいい。こうして、「汚くても何でもいいからうちでやろう」といって、プレハブハウスで一生懸命、経済的にやってきたのもよかったのかもしれません。

現在、男性の会員はいらっしゃらなくなり、参加者は十数名の女性。すっかり高齢化もしました。そして私ひとりでは主催できなくなったので、会員に相談して手伝ってもらっています。

そうまでして続けてきたのは、たくさんの方たちが楽しみに来てくださるから。そして学ぶこと、気心の知れた仲間とおしゃべりをすることで、私自身たくさんの刺激を受けています。

ひとりで生きていくのにちょうどいい家

「ここはあったかいな。熱海《あたみ》みたいだ」

いつも親切にしてもらっている大工さんが、先日うちへ来たときにこういいました。

ちょっとした傾斜があって、大きな窓から暖かい光がさんさんと射しこむわが家は、冬になると陽だまりの場所になるのです。年をとるとだんだん寒さに弱くなってきますから冬でも暖かいのはありがたく、おひさまの光がたっぷりとしみこんだ居間で、電気毛布を敷いて寝てしまったりすると暑いぐらいなのです。

一方、夏は窓をすべて開けっ放しにすると、風がすっと気持ちよく通り抜けて、よほど暑くない限りは、エアコンなしで一日すごすことができます。

現在、私が暮らしているのは、六十年ほど前に建てたプレハブ住宅。あらかじめ部屋ごとの仕切りを外《はず》して開放的にしてもらい、どこにいても外を眺《なが》められるように窓を大きくとってもらいました。

プレハブと聞くと、仮校舎や仮事務所を想像される方も多いことでしょう。わが家でもはじめは仕事用に、私たち夫婦が暮らす母屋《おもや》のそばに建てました。

しかし、いつしか使い勝手のいいプレハブ住宅が母屋になりました。そして、もともとあった私たち夫婦の家は倉庫のように活用しています。


さて、プレハブに住んでいるというとみなさん一様に驚かれ、こういいます。「大丈夫なんですか?」

心配してくださるのはありがたいのですが、いざ住んでみると、これほど快適なものはなく、六十年間、台風が来ても地震に遭《あ》ってもびくともしませんでした。

平屋だし自分がひとりで生きていくにはちょうどいい広さと造《つく》りなのです。だから、掃除や台所仕事なども、さほど苦にならないのかもしれません。また、都内でありながら比較的緑が多く、「あら、いま何か通りすぎたかしら」と思うとタヌキの親子だったりする。そんなのどかな環境も私は気に入っています。

改めて考えてみたモノとのつきあい方

何十年も前のことですが、相次ぐネズミの出現に手を焼き、家のあちこちに殺鼠剤《さっそざい》のお団子を仕掛けなければならなくなりました。すると手伝いをしてくれていた方が、ちょうどいいナイフを出してきたのです。

見ると、それは私が捨てたはずの刃の先が折れたナイフ。どうも彼女は、もう使えないと私が捨てたものを拾って、大切にしまっていたようなのです。

「いつかは役に立つかもしれない」そう思って大事に保管しておいたものの大半は、二度と使われることなく部屋を狭くするだけ。だからいま必要ではないものは、思い切って処分しよう。自分の中でそんな気運が高まっていた矢先に、捨てたはずのナイフがふたたび脚光《きゃっこう》を浴びたので、なにやら肩透《かたす》かしを食らったような気になったものです。

また、プレハブ住宅を建てる前に、ともに仕事を持つ夫婦ふたりが快適に生活するためのシンプルな家をめざして建てた、極端なまでに収納スペースをなくした「実験ハウス」は、たしかに便利ではあったものの、そこではモノが家じゅうに散らかった状態ですごすはめになりました。

そんな数々の経験から学んだことは、モノは単なるモノではないということ。

モノは、買った場所や使う人、シーン、思い出までをふくんだ文化であり、そして文化は時間であるといってよいでしょう。どう暮らしていくかを考えるとき、まず大切にしたいのは有意義に使う「自分の時間」を手に入れること。そのためにモノをどう選び、どう配置すればよいかを逆算していけば、おのずと必要なものが見えてくるのではないでしょうか。

人は人生の百五十日以上を探しものに費やしていると聞いたことがあります。

クローゼットに服があふれていれば、出かけるときにそこから今日着るものを探しださなければならない。本や雑誌をそのへんに積んでおくと、いざというとき必要な一冊が見つからず、家じゅうを動きまわることになる。逆にいえば、必要なものが整然と揃った生活は、時間の無駄をなくすことにつながります。

結婚当時、掃除をするだけで何時間も費やしてしまう豪邸に間借りをしていた私たち夫婦が、自分たちだけの小さな家に移り住んだとき、その建築費で買い取ったものは、まさに「時間」だったのです。

六十六歳でひとり暮らしがスタートしたとき、私は家族がいたころに使っていた食洗機や大きな冷蔵庫をスパッと処分しました。

ひとり分なら食器は手で洗ったほうが早いし、大きな冷蔵庫を使えば必然的に入れるものが増えて管理がたいへんになるでしょう。今後の生活を考えたら、これらは必要ないと判断したからです。

モノの取捨選択は決して簡単ではありません。けれどもこの「身の丈《たけ》で暮らす」というのは、実践してみると実に気持ちのよいものなのです。

便利な道具に堂々と甘えていい

心臓の調子が少しおかしくなって、自分の思いどおりにからだを動かせないということを、九十七歳にしてはじめて経験しました。そして改めて思ったのは、からだが自由に動くということは、たいへんなことなのだということです。

それまで何でもなくできていたこと、たとえば宅配便の荷物を「はーい」なんて駆けだして取りにいく。届いた荷物をひょいと持ちあげて居間へ移動させる。そんなごく当たり前のことが、最近は当たり前でなくなっています。

かつては想像すらできなかった、お米が重くて持ちあげられないなんてことが、年をとると実際に起きてくるのです。

それをどう克服しようかと考えたとき、「よし、台車を使ってやろう」と思いついたのです。

いま、お米でも本でも新聞でも、重たいものは全部室内用の小さなピンク色の台車にのせて運んでいます。また、簡単には持ちあげられないような重たい宅配便が届くと、まずは玄関で荷物を開き、少しずつそれぞれの場所に持っていきます。

庭仕事にしても、体力的にちょっと衰《おとろ》えたなと感じはじめた七十代後半ごろからは、土を持ったりという力仕事がむずかしくなってきました。だったら、自分が持てないものは台車に運んでもらおうと。ここでは庭用の台車に助けてもらいます。

がんばれば、まだある程度のものは持てるのですが、あえて重いものを持ってぎっくり腰にならないように、そして行動がスムーズにいくよう自分なりに考えるのです。

最近は掃除機もコードレスのスタンドタイプに替えました。とにかく軽くて、部屋のすみに立てておけば、腰をかがめずにさっと掃除できるのがいい。通販カタログでひと目見て気に入り、すぐに届けてもらいました。

いま使っているのは最新タイプですが、吸引力が強くなり充電も長持ちするようになって、初代のものより性能がずっとよくなっています。国産品でお値段も一万円台ですし、頻繁《ひんぱん》に使うものはどうしたって摩耗《まもう》しますから、安いので新しいものを買い換えていったほうがいいのです。

とにかく、いままでの生活をできるだけ継続させられる道具があるなら、私はそれを使おうと思っています。若いつもりで無理をして、ぎっくり腰にでもなったらばからしいではないですか。

布団干しはあきらめた

「その年齢でひとり暮らしを続けながら、自分で身のまわりのことを全部やっているのはめずらしいよ」などと人はいいますが、私自身、特別なことをしているつもりはまったくありません。

家の中のことは何十年もやってきたことですし、掃除や炊事、そして自分が身に着けるものの洗濯ぐらいは、いまでも人の手を借りなくてもできるので、運動のひとつだと思って当たり前に続けてきました。

その一方で、限界を感じてあっさりと手放したものもあります。それは布団干しです。六十代ぐらいまでは何ともなく持ちあげていた布団も、年をとるにつれてずしりと感じられ、それをかついで庭まで運びだすことが、しだいにむずかしくなってきたのです。

だから、あるとき布団を干すということを一切やめてしまいました。そのかわり、天気がよければ、日当たりのいい寝室の窓を目いっぱい開け放ち、風を通すようにして、窓から日が射しこむままに天日干しをします。すると、からっと気持ちよく寝具が乾くのです。

また、ベッドのシーツの取り替えもベッドのまわりをぐるぐると動きまわらなければならず、手間も体力もいるので、いまの私には大仕事なのです。これは、近くに住む姪に都合をつけて来てもらい、毛布カバーの取り替えなどとともに手伝ってもらっています。

私が好きなアメリカの絵本作家、ターシャ・テューダーさんは、自身の著書でこう語っています。

若い時は、人間はいつかは老い、死ぬとわかっていても、
ずっと先のことで、信じがたいものです。
老眼鏡が必要になるとか、体がいうことをきかなくなるなんて、
思いもしません。

いつの間にかそうなっていて、
ああ、光陰《こういん》矢の如《ごと》しだ、人生は短いのだと、気づくのですよね。
でも、それに対してできることはほとんどないのですから、
それを堂々と受け入れ、今の自分を楽しめばいいのですよ。
（『生きていることを楽しんで』ターシャ・テューダー　食野雅子訳　メディアファクトリー刊）

自分ができる範囲のことは、できるだけ長く続ける努力をしようと思っています。たとえばごはんをつくって食べたり、身のまわりを清潔に保つことなど、面倒だからと投げやりにしていると、生活は限りなくだらけてしまいます。けれども、「こうしなければ仕方がない」というものに対してはパッとあきらめてしまう。そのへんが私はわりと簡単なのです。失ったものに対して執着《しゅうちゃく》がないとでもいうのでしょうか。

この年になれば、いつ心臓がどうなるかもわかりません。ですから、見栄をはらずに無理のない範囲で動く。ひとり暮らしならなおさら、そういう覚悟をつねに持っていなくてはと思ってすごしています。

第三章　気ままな「時間持ち」に

あけっぴろげの敷居のない家で

自分の生活がまわりと違っていたのは何だったのかと考えてみると、ひとつに私は、うちの中に人を入れるのをいやがらなかったということがあるかもしれません。

仕事で親しくしている編集者はもちろん、夫はお店で飲んでいて意気投合した人を連れて帰ってくるようなところがありましたから、わが家には昔からいろんな人が出入りしていました。人が家に来るのは当たり前で、そのたびに気を張っていたら疲れてしまう。だから家の中もあけっぴろげにして、ごく当たり前に受け入れてきました。

もっとも、家に人を入れるのがいやだという方もいるでしょう。

母と娘のふたり暮らしで、「うちの中に人を入れるのはなるべくやめよう」といっている親子がいました。年をとって話をする相手もいなくなったら、うんと寂しくなってお母さんがぼけてきてしまいました。だから私は、「社会のほうに来てもらわなくちゃだめよ」といったのです。

たしかに人を家に招くことは簡単ではないし、見られたくないものだってあるでしょう。でも、年をとるほど外に出る機会は少なくなりやすいから、多少の不便を覚悟したうえで、外の空気を家に呼びこんだほうがいいのです。

そのためにも、できるだけ人が入りやすい雰囲気をつくっておくのも肝心ですね。たとえば、代議士さんの家などは、門構えからして人を寄せつけないようなオーラを出していることが多いような気がします。オートロックのマンションも、ふらりと立ち寄るという気にはならないですね。逆に、昔の日本家屋というのは、濡《ぬ》れ縁《えん》があってそこに誰もが腰かけて話ができるような造《つく》りになっていました。

わが家の場合は敷居《しきい》が低いというか、そもそも敷居がないのです。月に一度、わが家で開催している勉強会の日は、みなさん庭から自由に出入りしますし、家の造りからしても、プレハブ住宅だから台所も玄関もドアが同じ。

そうしたら、この間うちに来たボランティア団体の男の子が、玄関先でまごまごしながら、「ここから入っていいんでしょうか」と。だから私は、「うん、ここは玄関も何も同じなのよ」と笑いながら答えたのです。

自分の友だちは家に呼べなかった

人の出入りが多いわが家でしたが、夫がいた頃、私は自分の友だちを家に呼ぶことはめったにありませんでした。せっかく友だちに来てもらっても、夫がいるとそちらに半分気を取られてしまうし、来た方も「ご主人がいらっしゃるから」と気をつかってしまうからです。

それで友だちにも夫にも申しわけないから、だったら外へ行ったほうがいいでしょうとなると、今度は留守にするのかと文句をいう。仮に友だちに上がってもらっても、夫は自分の部屋にこもって私たちの前に顔を出すことはまずありませんでした。

ただ、めずらしく夫があらわれたことがあります。昔からの友だちがわが家に遊びに来て、こんなことをしゃべっているときでした。

「新宿を歩いていたら木村屋のアンパンを見かけて、あなたを思い出しちゃったのよ」

「あらいやだ、そうだったの」

実は私、若いときにアンパンというニックネームをつけられていたのです。太ってぷっくりと膨《ふく》れていたから。そうしたら夫が部屋の向こうで話を聞いていたらしく、おもしろいといって出てきたのです。

でも、夫が出てきたのはそれぐらい。家のことに関する対外的なこともすべて私まかせでした。いちばん困ったのは、老いた姑《しゅうとめ》が家の小さなお風呂に入りづらくなってきたので、蓼科《たてしな》にあった土地を売って、熱海《あたみ》に温泉つきのマンションを買おうという話になったときです。

四十年ほど前ですが坪六百円で買うと不動産屋さんがいうので、まぁ、それぐらいならいいと思って、「はい、いいですよ」と答えたのです。そうしたら、次の日にまた家に来て、会社に戻ったら四百円ぐらいにしてもらえといわれたと。

ああそうか、こういうときは男を呼ばなくてはだめなんだなと私は思い、書斎にいる夫の背中を叩《たた》いて、「ちょっと出ていって、がんばってよ」といったのです。そうしたら、しぶしぶあらわれてひとこと。

「なんかわからないけど、がんばれといわれたから出てきました」

もう本当に役に立たない。それで私が怒ったものだから、それから一切、家の中のことはやりませんでした。

骨密度は七十代といわれた私の食事学

何十年も住んでいる家の中だから平気だと思って、電気もつけずに歩いていた夜中。部屋の真ん中に旅行鞄《かばん》を出していたのを忘れて大胆につまずき、ひっくり返ってしまったことがあります。そのとき鎖骨《さこつ》にヒビは入ったものの、これまでに骨折というものをしたことはありません。

骨密度はだいたい七十代のレベルだとお医者さんにいわれたのは、カルシウムをとるには乳製品がいちばんだという栄養学校で学んだ知恵を活用して生きてきたのと、たまたま乳製品が好きでよく食べてきたからだと勝手に思っています。

いまでもおやつに二つぐらい食べてしまうのは、お気に入りの割《さ》くチーズ。朝の定番は牛乳粥《がゆ》です。それから白いごはんに小魚をふりかけたり、京都の「はれまのチリメン山椒《さんしょう》」なども好きで食卓の常連となっています。

牛乳粥は残りご飯で簡単につくれますし、ふかしたサツマイモを刻《きざ》んで中に入れたり、ほうれん草やワカメ、卵など、冷蔵庫にある食材をパパッと加えれば、それだけで一日に必要な栄養素がとれるのです。

「骨粗しょう症」にかかる人は、女性が八割だといわれます。ホルモンが関係しているようですが、やはり乳製品や魚をあまり食べない人は骨がスカスカになりやすいと聞きます。中には骨が折れているのに気づかない人もいるようで、かつてお世話になっていた指圧の先生も、「知らないうちに骨が折れていたという方は、けっこういますよ」と、おっしゃっていました。

また、使わない器官は衰《おとろ》えるというのは筋肉でも骨でも同じで、骨を甘やかさないためにもできるだけからだを動かして、適度な刺激を与えることが肝心といえそうです。急激な運動はからだによくないし、骨にいいからと乳製品ばかりとるのもだめ。バランスよく食べることを心がけながら自分のからだを甘やかさないこと。そうすれば、骨も元気でがんばってくれるのではないでしょうか。

ひとつの食材で三レシピが基本

私は同じおかずを続けて二度食卓に出すのは、知恵がないと思っています。前日に残った煮物でも、精進揚《しょうじんあ》げにすればまた違った味になるし、薄く切って煮込みうどんに入れたり、お弁当のおかずにしても喜ばれます。

とりわけひとりの食卓は、どうしても単調で殺風景になりやすいので、こうしたおかずのリメイクのほかに、食材の使い方も覚えておきたいものです。

具体的にいえば、私はひとつの材料、たとえば鶏《とり》のアシならアシ、ムネならムネについて、それぞれ三つの料理を知っていたら絶対に大丈夫だと思っていて、若い人にも「ひとつの材料で三つの料理を覚えなさい」といってきたのです。そうすれば、鶏ひとつでも三日間は違うものが食べられ、同じものを年じゅうつくるということをしなくてもすむではないですか。

最初はただシンプルに焼く。翌日は蒸《む》してサラダに入れ、フライにすればまた違ったおかずになる。鶏のアシだけでもざっとこれだけの調理法があり、ポテトやキュウリなど添える野菜を変えればバリエーションはもっと広がります。

牛肉なら、すき焼きや炒めもの、野菜を軸にして巻き焼きみたいにしても楽しい。肉質がいまひとつだったらシチューやカレーにしてもよいでしょう。

キャベツは丸のまま買っても一度では使い切れませんから、調理法を変えておいしく食べたらいかがでしょう。漬けものや味噌汁《みそしる》の具はもちろん、ロールキャベツにしたり、ソーセージやミックスビーンズと一緒にドイツ風の煮込みにしてもおもしろい。

翌日には、千切りにして塩をしてから酢や柑橘《かんきつ》果汁に漬けるコールスローにすると日持ちしますし、芯《しん》に近い部分は焼きそばの具や野菜炒めにするといいでしょう。三つどころではなくなってきました。

最近、歯の調子が悪かった私は、野菜が思うように食べられませんでした。そこで、庭の小松菜などを摘《つ》んできて青汁のようなジュースをつくってみたり、ミキサーにかけたリンゴをスプーンで食べたりしました。攪拌《かくはん》もひとつの調理法ですね。そんなふうに食材とにらめっこをしながら、食卓がにぎやかになるよう工夫をしています。

盛りつけ次第でよそゆきの味に

衣食住ということを真剣に考えるようになったのは、夫と暮らしはじめてからです。家事そのものに興味があったわけではなく、どうしたら時間やお金をかけずに豊かに暮らすことができるかを考えて、住まいにしても食べることに関しても工夫だけはしていました。

食に関しては、中身だけではなく盛りつけもとても大事だと思っていたので、どうやったら豊かで楽しく食べられるかを一生懸命に考えたものです。終戦直後でおかずも少ないときでしたから、自分たちだけで食卓を囲むときだけでなく、人が来てみんなで一緒に食べるときなど、半分は盛りつけを工夫して、少ないおかずをいかにおいしそうに見せるか、頭をひねりました。

夫が急に人を連れてきたときなどは、すでにつくってあるこんにゃくのピリ辛煮《からに》や大豆の煮たのなどをとりあえず出して、それをつまんでもらっている間に、その日にある食材でもう二、三品つくっていました。それも気取ったものではなくて、自分たちが食べるものを一緒に食べようというものです。

私が得意にしていたのは、えびのすり身に卵の白身、片栗粉、塩少々を加えたものを、サンドイッチパンに挟《はさ》んで蒸すおつまみ。蒸すと具がパンにぴったりとくっつくので、これを適当に切り分けておきます。そして、お客さんが見えたら、油でさっと揚げるのです。「こんな料理があるんだ」とみんなにめずらしがられて、これを食べたさに来る方もいました。

大きな器《うつわ》がないときは、すり鉢《ばち》をひっぱり出してきて庭から取ってきた葉蘭《はらん》を敷く。そこに漬けものをいっぱい盛りつけると、ぱっと豪華に見えるのです。

そして忙しくて手のかかる料理ができないときは、おにぎりの出番です。白いご飯ならいつでもありますから。ただのおにぎりではつまらないから、焼き網に転がしながら焼きおにぎりにして、大きめの器に山盛りにして出すのです。

こちらは女性に好評で、「おもしろい。これがおにぎり?」「こうやって出すといいわね」と、とても喜んでくださいました。

こういった食卓を盛りあげる工夫は、ひとりの生活にも取り入れたいものです。おかずを一品増やすのはたいへんですが、盛りつけ次第でちょっとぜいたくな気分が味わえます。

私などは冷蔵庫のものを並べて食べるときは、小さな器におかずを一品ずつ盛って皿数を多くし、お気に入りの箸置《はしお》きを添えたりします。買ってきたお惣菜《そうざい》もパックのままより、好きな器にのせたほうがおいしそうに見えますよね。同じ一食なら、少しでも豊かな気持ちで味わいたい。モノがあふれる時代になっても、その思いは持ちつづけていたいものです。

チームワークで継続中のわが家の菜園

わが家で「熊本のひともじ」と呼んで大切に育てていたのは、いわゆるワケギです。緑が濃くて茎《くき》の根元が膨らみ、たくさんの株に分かれているのが特徴で、さっとゆでて酢味噌でいただく「ひともじのぐるぐる」は熊本の代表的な郷土料理のひとつです。

このちょっと変わった野菜がうちにやってきた経緯《けいい》をお伝えしましょう。

夫が老いた母を連れて九州へ旅をしたとき、博多でふぐを食べたそうです。姑ははじめて食べるふぐの味を堪能《たんのう》しながら、薬味《やくみ》として添えられていたネギが気に入ってしまった。そのあと熊本に移動して夫が講演をしている間、ふらりとホテルのそばに見つけた市場に出向いた姑は、博多で食べたあのおいしいネギを発見。すかさず買いこむとともに、ひともじという名前も聞いてきたのです。

ふたりが帰京した翌日、私はさっそく白身魚のちり鍋《なべ》を献立に、姑が土産話《みやげばなし》とともに熊本から持ち帰ったひともじを薬味に使い、根はそのまま裏庭に植えたのです。それが根づいてまた葉を伸ばしてきたため、以後、熊本のひともじは幾度となくわが家の食卓にあがることになったというわけです。

私は根つきの野菜を買うと、「ダメでもともと」と切り落とした根の部分を庭のすみに植えるクセがあります。パセリ、茄子《なす》、きゅうり、春菊、水菜、ミニトマト、クワイなどに交じって、しおれさせまいと土に埋めて忘れていたごぼうが葉を伸ばしたり、生け花に使った柳をさしておいたら根づいて青々としてきたり。いささか行儀《ぎょうぎ》の悪いわが家の菜園ですが、季節ごとに目にも舌にも多くの楽しみを与えてくれます。

私が家庭菜園をはじめたのは姑が亡くなったあと、いまから三十年以上前です。土があるとつい食べられるものを育てたくなってしまうのは、食べものがない時代をすごした者の習性のようなものかもしれません。

わずか六畳ほどの広さですが、一時期は稲も育てていました。毎日食べているお米の花を知らないことにふと気づいて自分でびっくりし、農家のおばさんに持ってきてもらったのです。

もっともいまは体力的なこともあり、半分は甥《おい》にまかせています。野菜は種をまいて苗になるまでは甥の家のベランダで育ててもらい、それをわが家の菜園に植えかえる。いきなり畑に種をまくと、芽が出たころに猫がいたずらをしたり、鳥が来てついばんでしまったりするので、ある程度成長するまではベランダのほうがいいのです。

「収穫の喜びを味わわなくちゃ」なんて、ガーデニング用の手袋や何やらを新調してやってくるのは姪《めい》。「うちで育てたきゅうりよ」などといいながら、お友だちに一生懸命に収穫物を手渡しています。それで私は「畑に水を撒《ま》くからね」と、なんとなく三人で役割分担ができている。そういう場所があって、みんなが土をいじりながら勝手に楽しめるのはいいなと思っています。

甥たちは都心のマンション暮らしですから、土のある場所で何かを育てたり、収穫したものをおすそ分けしたりするのがいちばんの手近なレクリエーションでもあるようです。

いまは戦争中と違って肥料もたくさんあるし野菜の種類も豊かで楽しい。やはり食べるものを自分でつくることができるというのはいいものですね。

本音をいえば犬を飼いたい

三十代のころ、モリという柴犬を飼っていました。生まれたての子犬をよそでもらってきたのですが、あれよあれよという間に大きくなり、「さて、どんな名前をつけようか」と思っていたら、ご近所に住む谷川徹三《たにかわてつぞう》先生の奥さまが、「モリにしなさいよ」とおっしゃるのでそうしました。後で知ったのですが、どうも谷川先生が結婚前に飼っていた犬の名前がモリだったようです。

わが家のまわりはかつて田んぼが広がっていたので、年じゅうモリとあぜ道を散歩していました。当時は犬といえば外で飼うのが当たり前。モリも玄関先につないでいましたが、雷《かみなり》が鳴ったりすると怖がって家の中に入りたがるのです。それで入れてやると私のもとへ駆け寄ってきて、胸に顔を突っこんで動かなくなってしまう。本当にかわいかったです。

私は猫よりも犬派、それも柴犬が好きで、本音《ほんね》をいえばいまだって犬を飼いたいのです。けれども家を留守にすることもあるし、散歩に連れていく力もないから、もう犬と暮らす資格はないと思ってあきらめました。

その代わりといってはなんですが、メダカを飼いました。

ひとりのよさは、自分本位でいられることですが、それは限りなくルーズに流されやすいということでもあります。それに歯止めをかけるつもりで、自分が世話をしないと生きられないものを飼いたくなったのです。

たとえば、部屋のすみに無造作《むぞうさ》に積まれた雑誌を今日こそ整理しようと決めても、ちょっと持ちあげて手に痛みを感じたりすると、「明日でいいでしょう」と簡単にパスをしてしまう。自分だけの都合でやめても差しつかえのないことには、どうしても気のゆるみが出てくるものです。

ところが相手が生きものだと話は違います。メダカがおなかをすかせていると思えば、一生懸命に餌《えさ》をまき、元気かしらと見まわらなければ落ち着かない。産卵の時期などは、朝早く出かけなければならなくても、ベッドからそのまま庭に出てメダカの様子を見たりします。そして庭の草花が水をほしがっていると見たら、蚊《か》が寄ってくるのがいやでも、ズボンに長袖ブラウスで水まきをする。

少々疲れていても自然にからだを動かしてしまうので、生きものの命を守る責任を自分に課したのは、私には正解だったようです。

ちなみにメダカは近くに住む、夫が親しくしていた青年が持ってきてくれました。餌をやるとき、みんなが一斉に水面に上がってくるのがおもしろくて、小さいけれど家族のような気になるのです。少々手はかかるけれど、日々の生活にほどよい緊張と測り知れない喜びをもたらしてくれる、生きものとの暮らしは本当に楽しいものです。

いま、ストレスは、ない

これまで私が元気印ですごしてこられた理由のひとつに、ものごとをあまり気にしないというのがあるかもしれません。人間関係でも、悩んで人に相談したりすることはなく、関わりたくないなと思ったら、親戚でも何でも避けて通ってしまいます。

きらいな人とはつきあわないし、好きなら他人でも仲よくなる。本当に自然体です。無理をして面倒くさいことに関わるのは損ではないですか。それだけ自分のエネルギーが奪われてしまうから。

夫は職業柄、上司がいるわけでもなく、形式的なことがあまり好きではなかったので、わが家では昔からお中元やお歳暮を贈る習慣はありませんでしたし、年賀状は六十歳で引退。冠婚葬祭にしても、最近は欠席させてもらうことが多くなりました。

若い頃には許されなかったことを大目に見てもらえるのも、年をとったよさかもし

郵便はがき

切手をお貼りください。

102-0071

東京都千代田区富士見
一－二－十一
KAWADAフラッツ一階

さくら舎 行

住所	〒　都道府県			
フリガナ			年齢	歳
氏名			性別	男　女
TEL	(　　　)			
E-Mail				

愛読者カード

ご購読ありがとうございました。今後の参考とさせていただきますので、ご協力をお願いいたします。また、新刊案内等をお送りさせていただくことがあります。

【1】本のタイトルをお書きください。

【2】この本を何でお知りになりましたか。

1.書店で実物を見て　2.新聞広告(　　新聞)
3.書評で(　　)　4.図書館・図書室で　5.人にすすめられて
6.インターネット　7.その他(　　)

【3】お買い求めになった理由をお聞かせください。

1.タイトルにひかれて　2.テーマやジャンルに興味があるので
3.著者が好きだから　4.カバーデザインがよかったから
5.その他(　　)

【4】お買い求めの店名を教えてください。

【5】本書についてのご意見、ご感想をお聞かせください。

●ご記入のご感想を、広告等、本のPRに使わせていただいてもよろしいですか。
□に✓をご記入ください。　□ 実名で可　□ 匿名で可　□ 不可れません。もの忘れでも何でも、「もう年なので」「お年だからしょうがないわね」で、ある程度は許してもらえる。年を重ねて社会的な義理を欠くことを平然とできるようになったのは、私にとってはすごく楽なことなのです。

だからいま、これといったストレスはありません。

心配事は何もないし、おいしく食べてよくからだを動かし、よく眠る。

ダウンしないために気をつけていることといえば、少しでもからだの異変を感じたら、すぐに寝てしまうこと。若いうちは、「ちょっとおかしいな」という気配があっても、遊びや仕事がおもしろいとそっちへ行ってしまうでしょう。私も主婦をしていたときは、家事を終えたあとに夜中まで原稿を書いたりと無理をしていましたから、ときどきは風邪をひいていました。

いまは、そういうこともないし、自分だけで身勝手に生きていますから、疲れを溜《た》めこむということもないのです。年を重ねて失うものはたくさんありますが、こうしてひとつずつ荷物を降ろしていくという喜びも捨てがたいものです。そして肉体的な衰えはあっても、心が軽くなった分、むしろ若い頃よりも健《すこ》やかになっている自分がいるのです。

ちょっと気持ちが沈んだときは

私には童話作家になるという小さな夢がありました。子どもの頃は叔父《おじ》さんに買ってもらった小学生全集をむさぼるように読んでいました。そこには『小公女』『クオレ』『小公子』『家なき子』など、世界の名作があって、どれもおもしろかったのを覚えています。

そんな私の憧《あこが》れともいえるのが、二〇〇八年に九十二年の生涯を閉じたアメリカの絵本作家、ターシャ・テューダーです。

アメリカのボストンに生まれ、二十三歳ではじめての絵本『パンプキン・ムーンシャイン』を発表したターシャは、四人の子どもを育てながら挿絵画家、園芸家、人形作家としても活躍を続け、四十代で離婚。五十代半ばでひとりアメリカ・バーモント州の小さな町のはずれに移り住み、一八〇〇年代の農村の生活に学んで広大な庭とコーギー犬やヤギ、ハトやニワトリなどの動物たちに囲まれながら、自給自足による生活を続けた女性です。

一年間の農場の様子を、月ごとにみずみずしいタッチで紹介した『ターシャの農場の12カ月』（メディアファクトリー）という絵本には、子どもだけでなくむしろ大人が憧れるような、つつましくもいきいきとした暮らしが描かれています。

絵本の中の家族や動物たちの表情の明るいこと。そして、風や雨、雪などそれぞれの季節が運んできてくれる自然の豊かさや大きさ、その厳しさまでもが、説教がましさも説明もなく、ターシャ流の美しい絵で静かに語られています。

また、ターシャの庭や家の風景を収めた数々の写真集も素敵で、三十万坪という敷地内の広大な庭に咲き乱れる花たちや季節ごとの風景の美しさはもとより、ページをめくっているとついターシャという人物のすばらしさを考えてしまうのです。

スローライフなんていう言葉が叫ばれるずっと以前に、現代人が忘れかけていた本当の意味での豊かな生活を実践していたターシャ。彼女の本がいま、日本をはじめ世界的に注目されているのがわかるような気がします。

ちょっと気持ちが沈んだとき、また自らの夢に思いをはせるとき、私はよくターシャの本を開きます。すると、本の中に自分も溶《と》けこんでいるような気がして、とても満たされた気分になるのです。

私を救ってくれた仕事

これまでの人生をふり返って間違いなくいえることは、仕事を続けてきて本当によかったということです。仕事は単にお金を得るための手段ではなく、私を消耗させるものでもない。私は仕事によって救われてきました。

とりわけその力を知ることになったのは、姑の介護をしていた二年半でした。六十代で経験した介護という出口のない日々の中で、私を救ってくれたのが仕事でした。

昼間のいっとき、介護とはまったく違う世界にひっぱり出してくれた仕事は、自分にとって社会とつながる唯一の窓口であり、対談などでわずかな時間でも人としゃべることで、すっきりとした表情で家路につくことができたのです。

もっとも私の世代では学校を出たあと、女が社会に出て働くなどというのは非常にめずらしいことでした。しかし、幼い頃に両親が離婚し、別れても父の世話になっている母を見ていた自分は、絶対にひとりでも生きていけるよう仕事をしようと早くから決めていたのです。

文芸評論家の夫は、「これからは女性も仕事を持ち、社会参加するべきだ」という考えの持ち主だったので、私自身、仕事をとるか家庭をとるかで悩んだことはなく、どんなに忙しくても仕事を辞《や》めようと思ったことはありません。

私が働きはじめたのは十五歳のときです。叔父の紹介で「時事新報社」という新聞社に入社しました。

配属されたのは、社内に設立された「大里児童育成会」という財団。当時、東京には欠食児童が大勢おり、大里児童育成会では欠食児童にお弁当を配ったり、工業高校へ行く生徒十人に学費を支援するという活動をしていたのです。

ここで私は、同会の理事長をしていた石井満《いしいみつる》先生と、事務の方と三人の職場で働きはじめました。

社内で私がいちばん好きだった場所は漫画部。そこには、当時有名だった長崎抜天《ながさきばってん》さんという漫画家がいて、私はよく遊びにいっていました。また作家志望の青年もいて、彼の友人に村上浪六《むらかみなみろく》さんという作家の息子がいて、根岸にある彼の自宅は文学少年・文学少女たちのたまり場になっていると知りました。彼らとは同年代だったこともあり、さっそくその仲間に私も入れてもらったのです。

昭和十二年、日中戦争が始まると出版物の規制が厳しくなり、私たちが読める本もなくなってきました。変なものを読んでいると警察にひっぱっていかれるので、「そうだ脚本の朗読をやろう」ということになり、村上家でいろんな人の書いた脚本をみんなで読みまわしたりしていました。そこで「信彦《のぶひこ》兄さん」とみんなが慕《した》っていたのが彼の兄、女性史の専門家である村上信彦さんです。

「女もスカートなんかはかないで、ズボンをはいて歩いていいんだ」と非常に先鋭的で、奥さまがずっとズボンをはいていたのが印象的でした。

そんなことを続けているうちに、いろんな人たちとのつきあいができ、「書くことって楽しいな」「わくわくするような物語をつくってみたい」と思うようになりました。それが童話作家になる夢へとつながっていったのです。

ところで、その職場で私は何をしていたかというと、理事会があるたびに出す案内状の宛名を書くのが私の大事な仕事。それを間近で見ていた石井先生が、あるとき「タイプライターと速記を習ってみたら」とすすめてくださり、働きながらタイプライターと速記を学ぶことになりました。

これが私にとってひとつの転機となったのです。速記を学んだおかげで私のその後が広がっていき、夫の古谷《ふるや》綱武《つなたけ》と出会ったのも、「はじめての講演をするから、一時間でどのくらいしゃべれるか、速記をとってほしい」という依頼が彼の知人から来たことがきっかけです。石井先生が速記をすすめてくれなければ、私は雑用をこなすだけでした。

そうして九十八歳になった今日まで、八十年以上にわたって仕事を続けてこられたのはしあわせな限りです。

少し前までは、高齢になっても仕事を続けている女性を見て、「あんな年まで働かなければならないなんて」と見る人がほとんどでした。年をとったら俗世間から離れて、ゆうゆうと遊んで暮らすのが人生のしあわせだと多くの人が思っていたからです。

でもいまは、できるだけ長く元気で働くことを願う人が多くなり、八十歳、九十歳になっても現役で活躍する女性に対して、「その年まで元気で仕事ができるなんて、うらやましい」という評価に変わってきました。

これは、女性が仕事を持つことすらむずかしかった時代を見てきた人間としては、うれしいとしかいいようがありません。

そして改めて、生かされている限りは、からだの衰えと上手につきあいながら、できるだけ長く仕事を続けていきたいと私は考えています。

第四章　介護や老人問題に思うこと

使ってみてわかった介護保険の使い勝手

月に一度、往診をしていただいているホームドクターからそろそろといわれつづけ、昨年入院をしたときの先生からもすすめられたことで、ついに行動へ移しました。九十七歳にしてはじめて、要介護認定の申請をしたのです。

介護といえば、私は介護保険をつくるほうに携《たずさ》わった人間です。一九八三年に評論家の樋口恵子《ひぐちけいこ》さんが立ちあげた「高齢社会をよくする女性の会」で理事を頼まれ、自らの経験をもとに介護にまつわるさまざまな活動をしました。

当時、老人の介護は妻、嫁、娘が当たるのが当たり前とされており、いまでいう認知症をいち早く扱った文学作品として、有吉佐和子《ありよしさわこ》さんの『恍惚《こうこつ》の人』が話題になっていた頃です。

しかし、自分自身は九十七歳まで介護の申請をしたことがなかったのです。だったらこの機会につくった側にいた人間として、介護保険がどう使われているのかを体験してみよう。そう思って申しこむことにしました。

「ベッドから起きあがれますか？」「自分で爪は切れますか？」「今日は何曜日ですか？」「歩いてみてください」。わが家にいらした調査員の方から飛びだす質問は、いささか拍子抜《ひょうしぬ》けするものでしたが、一方でやがてこういうこともできなくなるのかと考えさせられたものです。

結果、私に出たのは要支援一。ケアマネージャーさんに頼みヘルパーさんをつけてもらうことができるそうですが、いまは身のまわりのことぐらいは自分でできますし、「なるべく保険使わないほうがいいんでしょう？」と係の方に尋《たず》ねたら、そうだというので、まだお願いしていません。

正直をいうと「しばらくは大丈夫」という気持ちと、「それを使ってしまってはだめだ」というのが入り混じって、ブレーキをかけている部分もあります。一度お願いしてしまうと、そのほうが楽だから人に頼り切ってしまうと思うのです。

聞くところによると、ヘルパーさんの仕事はすごく細分化されていて、食事を食べさせるなら食べさせる、洗濯なら洗濯、散歩なら散歩と、テリトリーがはっきりと分かれているそうです。それで、担当の方が出入りして三十分、一時間という単位でパーツパーツをこなしていく。

だから、たとえ床が砂ぼこりでザラザラしていても、掃除担当でない人は拭《ふ》いてはいけないとか。老人の爪が伸びていても、勝手に切ってはいけない。老人だって足がザラザラしていたら気持ちが悪いし、爪が伸びているのもいやでしょう。それを取り除くのが介護のはずなのに、「これは担当外です」なんておかしい。樋口さんも、「当初の目的からだいぶ変わっちゃったけどね」とおっしゃっていました。

介護を提供するほうからすると、なるべく保険を使わせないように、でも介護用品などは売らなければなりません。そして利用者からすると、ヘルパーさんを頼むにもお金はかかる。だけど、保険料を払ってきたのだから使わなければ損みたいな部分もあり、どうも歯車が噛《か》みあっていないような気がします。

ともあれ、はじめて要介護認定の申請をしたことで、日本の介護保険はまだ多くの課題を抱えているということを肌で感じられたのは、ひとつの収穫だったといえるでしょう。

介護は心の問題がいちばん

私が高齢社会ということに関心を持ちはじめたのは、六十代に入ってから、姑《しゅうとめ》のぼけを見てのことでした。

認知症の人を抱える家族には、一瞬も心の安らかなときはありません。そして介護はとても孤独な作業です。がんばったからといって誰が褒《ほ》めてくれるものでもない。ただ黙々と病人のために食事の支度をし、お風呂に入れ、下の世話をする。すると、だんだん世界が閉ざされてくるように感じて人に対してもやさしくなれないのです。

介護をしている間に私は血圧も上がりましたし、ぎっくり腰にもなりました。でも私が倒れたら姑をみる人はいなくなるわけです。人を頼むにしても、介護は二十四時間勤務のようなものなので、お金がいくらあっても足りません。そして私がいちばんつらかったのは、仕事をきちんとやっていきたいということでした。

そんななかでふと、自分もいつかはこうなるかもしれない、姑の姿は明日の自分の姿であると思い、自問してみました。

「もし娘がいて、私に介護が必要になったとき、同じことをさせられるだろうか」

答えはノーです。働き盛りの人を家に縛《しば》りつけるのは、同じ女としてできないなと思いました。

「介護はまわりの人間が協力して当たるべきだ」「地域ぐるみで介護予防を」などといっても、むかしのように、親類縁者が集まり助けあって暮らしていた地域社会ならまだしも、現実問題としては働きに出ている男性にかわって面倒をみるのは、妻や娘の仕事になってきます。

とくに私たちの世代は、家庭の問題を抱えこみがちになるけれど、全部を自分で背負いこんだらつぶれてしまいます。自分がつぶれたら誰の役にも立たない。

それならば老人介護は自分たち女の生活問題、心の問題としてとらえて、一家庭内のことではなく、社会全体の課題として取り組む必要があるのではないだろうか。二年半の介護生活でそれを感じた私は、少しずつでも自助の精神で取り組み、できるだけのことをしなければならないとあせりはじめたのです。

その頃から私は講演を頼まれると必ず、自分の介護体験を話題にしました。老いのつらい姿を見たことのない人にも関心を持ってほしかったからです。「高齢社会をよくする女性の会」の設立に携わった女性の多くも、私のように自らの介護の経験から、「介護を社会化していかなければ、家族が崩壊する」という危機感を持った女性たちであったと思います。

そうして二〇〇〇年に誕生した介護保険制度ですが、ふたを開けてみれば、きっちり三十分でシーツと枕カバーを換えて終わりといったマニュアル化されたもので、なんとも心もとない。介護というのは心の問題がいちばんであり、ただ身のまわりの世話をするというものではないはずです。

急速な高齢社会へとひた走っている日本で、命を長びかせる医療はどんどん進歩していきます。けれども、正常さを失った人を看取《みと》ることについては、「やはり家庭で、家族の中において」という、肉親の愛がいちばんという風潮がいまだに根強くあるのも否《いな》めません。

そのような状況の中でただひとつ、肉親などの介護をする方にお伝えしたいのは、なかば呆《ほう》けて、そこで起こる自己主張を絶対に曲げなくなった人を気の毒とは思っても、その「老い」にふりまわされてしまってはならないということです。

そして、やむを得ず介護を専門家に頼むのは、決して冷たいからではないという、しっかりとした気持ちを持っていただきたいのです。

はじめて投票棄権を体験して

足の具合が悪くて近所まで出かけるのもむずかしかったとき、区議会議員の選挙がありました。

区役所も投票所もわが家からはちょっと行きにくい場所にあるため、歩いて向かったら途中で足が変になってしまうかもしれない。かといって車椅子は持っていないし、タクシーを呼ぶのにも距離が近すぎて気がひける。あれこれと考えた末、投票に行くのを断念。思えば選挙の棄権《きけん》も、生まれてはじめてのことでした。

まさか自分が投票に行けなくなるなんて、これまで考えもしませんでした。年をとってからだが弱ってみなければわからないことは多いですね。でも、一度経験すると、病気をするとどう不便なのかが具体的に見えてくる。またひとつ、勉強になりました。

それにしても、これからますます高齢化が進めば、私のように選挙の投票へ行けない人がたくさん出てくるのではないでしょうか。家の中ではなんとか移動できても、投票所までひとりで歩くことはできない。そのために家族の手を煩《わずら》わせるのはいやだし、タクシーに乗ってまで行く気にもならない。だったら、投票に行くのをあきらめるしかないということになるでしょう。そして投票に行かなくなれば、政治にも関心がなくなっていくかもしれません。

そんな折、区役所の方が別の用事でわが家にいらしたのです。ちょうどいい機会と思い、足が悪くて投票に行けなかったことを話して、選挙管理委員会の方に対策を考えてくださるよう伝えてほしいといったら、直接、区役所へおいでくださいというのです。

「では今度、区長さんに手紙でお願いしてみます」と告げると、それがいいですねといって帰られました。テレビなどで選挙の棄権が多いといわれていますが、行きたくても投票に行けない人のことを、役人の方たちは考えているのでしょうか。

ちなみに要介護四以上だと郵便投票ができるようですが、要支援一の私などは相手にもされていないのでしょう。これからは、社会的な弱者を守るための発信を、もっとやっていかなければならないと感じています。

入院未満の中間施設が必要

最近、病気というほどでもないのですが、からだがちょっとくたびれてしまったときがありました。二、三日でも入院したら楽になるかしらと思い、いつもお世話になっているホームドクターにさりげなく尋ねたところ、「入院は、病人でなければできませんよ」とあっさりいわれてしまいました。

それはわかっているけれど、大きな病気にならないために、そのちょっと手前のいわゆる未病《みびょう》と呼ばれる段階で、ゆっくりと保養できるような施設があればいいと思ったのです。

このことを新潟日報のコラムに書いたら、「でもこの間、街頭でキスしてスクープされた女性の議員さんは、すぐに病院に入りましたね。あの人は病気じゃないですよね」と、担当の方がおっしゃいました。続けて「それで病室でたばこを吸って、また問題になりましたね」と。自分の記事に対して思いがけない反応があって、なるほど、そういう入院もあるのだなと変なところで感心してしまいました。

たとえば私のような人間が入院生活を終えて家へ戻ってきても、すぐには自分でごはんをつくることができません。だから、元気になって自分で身のまわりのことをこなせるようになるまで、病院と自宅の中間施設のような場所が利用できたら、すごくありがたいのです。女のひとり暮らしは、本当にそれがたいへんなのですから。

核家族化が進み、家族だけで産後の世話や子育てを担《にな》うのがむずかしくなっていることから、出産後に専門スタッフの支援を受けながら母親と赤ちゃんが一緒にすごせる、宿泊型の産後ケアセンターというものが注目されているようです。

このような施設が一般にも使えるようにならないでしょうか。二十年後には高齢者世帯の四割近くがひとり暮らしになっているといわれています。退院後の数日間、人の手を借りながら少しずつ日常を取り戻していくことができる場所があれば、ひとりで暮らす高齢者はどれほど心強いことでしょう。

老いをマイナスにしない社会

老人医療費がかかりすぎる、老人福祉のために自治体は財政破綻《はたん》する、増える高齢者・不足する介護人材……。そういったニュースを新聞やテレビで目にするたびに、年をとったら長く生きていてはならないといわれているようで、申しわけないような気分になってしまいます。

マスコミって老人問題を少しも楽しく扱ってくれないではないですか。これでは元気に生きようという活力もなえてしまうのではないかと思います。それよりも、老人が持っている力をもっと生かし、心を燃えたたせて、前を向いて生きていけるよう後押しをしてもらえないでしょうか。

その一方で、私たち年をとったものも、おとなしくしすぎるのではないかと思います。

敗戦という体験はそれぞれに違いはあっても、都会に暮らしていた私たちは家を焼かれ、多くの女性たちは夫や恋人に死なれ、子を亡くしました。必死で廃墟《はいきょ》の中から立ちあがり、平和で豊かな国をつくるために夢中で働いて経済繁栄の裾野《すその》をひとりの市民として支えてきたのがいまの年寄りの世代なのだから、もっと堂々と生きていいと私は思っています。

また、年齢に対してのある程度の尊敬みたいなものも必要でしょうし、年齢がいっているほうはそれを意識して、生き方の見本にならないといけませんね。頑固《がんこ》になったり傲慢《ごうまん》になったり、全体が汚れた感じになったり。年をとるとそういう傾向はありそうなので、気をつけたいなと私は思います。

いま、日本は世界にも類を見ない超高齢社会を迎えています。老いをマイナスととらえたら、これからの社会がよくならないような気がしてなりません。

みんな致死率は百パーセントです

とくに財政面において老人問題は深刻であることには違いありませんが、ひとりの人間として見れば、本来長寿は喜ばしいことであり、長く生きることを憂《うれ》うべきではないはずです。

「老い」は特別なものでも何でもなく、誰にでも平等に訪れるもの。年をとってあちこちがおかしくなってきたり、思うようにからだが動かなくなったり、もの忘れをしたりするのは、異常でも何でもありません。

私も七十歳をすぎたあたりから、上ろうと思った坂が上れないとか、これぐらいは持てると思ったものが持てなかったりして、「あれっ、これは年をとったせいかな」と思うことが、少しずつ出てきました。

しかし人間、一年たったらひとつ年をとるのは当たり前で、年を重ねつづけていろいろな機能が衰《おとろ》え、みんな最後は滅びる。つまり致死率百パーセントなのです。だから、「若い頃のように階段を駆けあがれなくなった」といって落ちこんだり、「こんなシワだらけの顔はいやだわ」などと、年を重ねることをマイナスにとらえるのはもったいないと思います。

考えてみれば、人間以外の動物たちは、「私は老いた」などと思っていないはずです。

明日はどうなるかわからない。食糧が手に入る保証などどこにもない。だからライオンもチーターも今日のことだけを考えて、精いっぱい生きているわけです。

私たち人間だって、人生八十年といっても来年生きているかはわかりません。だから、老いにふりまわされることなく、動物や植物のようにただ、いまを切に生きるしかないと私は考えています。

私自身、年をとるということはなかなかいいものだなと思うわけです。昨日よりも今日のほうが知識や経験は増えているし、からだも無理しないでいいようにちゃんとつくられていくでしょう。

若いときと同じように何でもできなければと肩ひじ張っていたときは、よく頭痛を起こしていた私ですが、老いを認めて自分をいたわる気持ちになってから、ストレスが消えてうそみたいに頭痛がケロッとなくなってしまったのです。

「もの忘れがはげしくなったら、頭痛まで忘れてしまったの」と身近な人には話しています。

さらに近年は、「長寿国日本の平均寿命を生きたのだから、いつ死んでも当然」という域に入ってきました。すると何ともいえずさばさばとして気持ちがいい。そして毎日を大切にていねいに生きることが、同時にいい死にじたくでもあると思えてくるのです。

ひとり暮らしがむずかしくなったときは

振り込め詐欺《さぎ》のターゲットになりやすい、認知症が進行しやすい、社会から孤立して生きる気力を失うなど、その課題が指摘されているのが、いわゆる独居老人と呼ばれるひとり住まいの高齢者。私はひとり暮らしが好きなので、独居には違いないけれど孤独さはなく、できるだけ長くひとりで暮らしたいと思っています。

ただし、ひとりであることが万一の事故につながってはならないという思いから、夫のいたときとは比較にならないほど、自己規制が厳しくなっています。少なくとも自分の不注意でご近所に迷惑がかかるようなことは極力避けようと努めています。

たとえば、ご近所に心配をかけないように朝は常識的な時間に戸を開け、夕方も同様な心づかいから戸を閉め、揚げものは危険なのでやめ、転倒や火事にはよくよく注意を払う。ひとり暮らしを続けられる目安は、火の始末がきちんとできることだと考えています。

いずれ私もひとりの暮らしを続けていく体力がなくなり、火の始末もおぼつかなくなれば、人のお世話を受けることになるでしょう。そうなったときに、どうするかも考えてあります。

友人がボランティアグループ「ふきのとう」を立ちあげたのは三十年前のこと。ここでは、毎日の食事づくりや買いものがむずかしいお年寄りの世帯に、手づくりの夕食を届けると同時に、安否《あんぴ》確認もおこなう配食サービスをやっています。私にできる範囲の手伝いをさせてもらっています。

とくにひとり暮らしのお年寄りは、食べるものが偏《かたよ》りがちになり、一日じゅう誰とも口をきかないということも少なくありません。だから、お弁当の受け渡しの際におこなわれる、さりげない言葉のやりとりが大きな意味をなすのです。

元気に見えても、いつどうなるかわからない年齢です。まわりに迷惑をかけないように先手を打っておくことは社会人としての最低限のマナーとしてやっておきたい。また、ひとつでも心配事をなくしておくことで、より充実した毎日を送れるような気がするのです。

根拠もなくポックリいくと信じている

私の父は狭心症《きょうしんしょう》で急死しています。

会社の帰りに電車の中で急に胸が苦しくなり、かかりつけのお医者さんのところへ行こうと小樽《おたる》の駅で降り、ようやく病院に辿《たど》りついたところでコトンと死んでしまいました。

父と離れて暮らしていた私たち姉妹や弟は、他人事《ひとごと》のように聞かされただけでしたが、顔も体質も父によく似ていた私は、以来、自分も父のようにあっさりとこの世からさよならできるだろうと信じているのです。

ストーブを使っている季節には、どうぞ病気が起こらないでほしい、万一火事にでもなったら、たいへんなご近所迷惑だからと考えています。

そんなピントのはずれた考え方で、今日までまことに気軽に生きてきてしまった。

その性質は仕事の面では一筋に究《きわ》めていくという強さにも深さにも欠けていることを、

自分がいちばんよくわかっています。

でも、勝手な思いこみですが、その性質がプラスに働いてくれたおかげで、不安におそわれてもさほど深刻にならずにすごすことができ、九十八歳までごきげんで生きさせてもらえたと私は思っているのです。

また、幸いなことに私は人が苦しみながら命を終える姿を看取ったことがないので、自分も最後はひょいと向こうへ跳《と》びこえられるような気がして、死へのおそれはありません。

「私は、ポックリ誰も知らないうちに死にたいわ。この年まで生きると、案外そういう死に方ができるんですってね。前の晩にはみんなと元気に話していて、あくる朝、あら、おばあちゃん、いつ死んだのかしら、息をしてないわ、といわれるようなのがいちばんしあわせね」と、姑は元気なときにいっていました。

私もまた同じ思いであることを、二人だけの夕食のときなどによく話しあったものです。そしてまさに、これから入院するというその朝に、吸い口で水を飲んだあと、「お水ってこんなにおいしいものなのね」という言葉を残して姑はすっと逝《い》ったのです。

ご近所に住む詩人・谷川俊太郎《たにかわしゅんたろう》さんのお父さま、哲学者の谷川徹三《てつぞう》先生も突然ご自宅で亡くなられました。前の日にどこかのパーティにいらっしゃるというので、私は車が出るときに「いってらっしゃい」といったのです。そうしたら、次の日の朝に亡くなってしまった。

あとで俊太郎さんに聞いたのですが、先生はパーティから帰ってきてお風呂に入り、ちょっとおなかの具合が悪いといって下痢《げり》をしたのだそうです。それでおやすみなさいと寝て、朝起きたら死んでいたと。だから、「自分でからだの中も外もきれいにして死んだ。あまり尊敬はしてなかったけど、そういう死に方を教えてくれた」とおっしゃっていました。

ただし、自宅で亡くなったものだから変死扱いされて、警察の方が来て人工呼吸などをしたそうです。それを見ていた俊太郎さん、思わずこういってしまったとか。

「もうちゃんと死んでるんだから、いいじゃないですか」

そうです。死は特別なことでもなければ、いつやってくるかもわからない。どうあがいたって、死ぬときは死ぬのですから、これぱかりは自然にまかせるしかないですね。

自分にぴったりの杖を探して

かつて雑誌の対談でお会いした「脳の学校」の加藤俊徳《かとうとしのり》先生から、「とにかく転ばないように」と注意を受けたこともあり、足元が心もとなくなってからは、杖《つえ》を持つようにしています。

とくにゴミ出しのときは、片手にゴミ袋を持って歩くとバランスを崩《くず》してよろよろすることがあるので、空いた手に杖を持って出ていきます。その杖というのが、三十年以上前に姑のためにと親類の者が注文してつくってくれた、樹齢百年という南天《なんてん》の杖を使ったもの。

家の中では旅行などの携帯用に用意していた三つ折りタイプを使い、ずいぶん前に三原山《みはらやま》へ行ったときに買ったピッケル型の木の杖は、庭を動きまわるときにちょうどいいのです。

ただし、どれも古いので弱っているかもしれないし、あり合わせで何でも工夫しながら使ってきたので、いまの私にとっていちばん使いやすい杖というのがよくわかりません。

そこで、要支援一がついたのを機に、あれこれ試してみることにしました。介護保険は車椅子や介護ベッド、歩行器などに加えて、杖のレンタルにも適用されるというので、さっそくカタログを見せてもらったのです。

さすが長寿大国とでもいいましょうか、ひとくちに杖といっても、軽くて丈夫なカーボンファイバーを使ったものや、先の部分が枝のように分かれている四点杖なるものまでさまざまで、月数百円で借りることができるのです。

杖なんて実際に使ってみなければ自分に合うかもわかりませんから、いま家の中であれこれ試しています。

後日、知りあいと話していたら「介護保険だったら何でも一割でレンタルできるのよ」というから、「うそよ、そんなの。私は違ったわよ」と返したら、「いや、あとで返ってくるんじゃない？」と、どうも話が嚙みあわない。あとで聞いたら二割負担の人もいれば、一割の人もいるそうですね。

そうそう、近ごろ杖、杖と連呼《れんこ》している私に甥《おい》がひとこと。

「その杖というの、ステッキにしようよ」

なるほど、杖よりもステッキのほうがイメージはいい。呼び方ひとつでも、使う側の意識は変わるものです。

第五章　日々「続ける」ことです！

八十歳、九十歳にならないとわからないことがある

自宅から歩いて二十分ほどの所に、作家の高見澤《たかみざわ》たか子さんが住んでいます。かつてはご馳走を持ってテクテクとその距離を歩いていくのが楽しかったけれど、あるときから「今日はちょっと重いな」などと思いはじめました。

また、イメージどおりに手足が動かなくなったり、モノを置いた場所を忘れて、それにつまずいたり、人の名前がなかなか出てこなかったり。老いというのは気づくと細かいところに少しずつ衰《おとろ》えが出てくるので、こういう日がいつか来ると頭ではわかっていても、やはりその年齢になってみないとわからないことは多いものです。

しかしこれだけ高齢化が進むと「老い」の定義もむずかしく、還暦《かんれき》をすぎたらお年寄りと決めつけるのは、すでに無理があるような気がします。九十歳になっても青年のような心を持ちつづけている人もいれば、五十代ですでに「もう年だから」などと

いっている人もいる。個人差が大きいと思いますね。

年齢に関係なく、自分で「衰えたな」と思ったときが、老いの始まりなのではないでしょうか。

一緒に暮らしていた姑《しゅうとめ》はよく、「八十にならなきゃわからないことがあるわよ」とか、「九十になってはじめてわかったことがある」といっていました。姑とは三十歳以上離れていましたからそのときはピンときませんでしたが、いざ自分がその年齢になると、「あぁ、こういうことだったのね」と納得できるのです。

逆に六十代の姪《めい》と買いものに行ったり、家のことを手伝ってもらっていて、ベッドカバーなんかをひょいと向こう側にかけているのを見ると、「そうだった、六十代のころには、あんなことも平気でできたな」「この年齢の頃はまだ平気でおばあちゃまを背負って帰ってきたな」などと、時の流れを知ることになります。

誰もが認める健康体で、外に出ればいくらでも歩けた自分の足が弱まるなどとは想像すらできず、年をとっても無限に活動できると信じていたのです。

もちろんいまも、すべてがまったく不可能というわけではありません。でも、たとえば階段の多い神社やお寺を巡《めぐ》る旅だとか、電車を乗り継いだり飛行機を使うような遠出はもうむずかしいし、仮に展覧会の会場に出向いても、人に押されながら移動したり、大きな会場をくまなく見るといったことは、足が疲れてしまって思いどおりにはいかないでしょう。

春暮れて後《のち》、夏になり、夏果てて、秋の来るにはあらず。春はやがて夏の気を催し、夏より既に秋は通ひ、秋は即ち寒くなり、十月は小春の天気、草も青くなり、梅も蕾《つぼ》みぬ

お手紙で『徒然草《つれづれぐさ》』の一節を教えてくださったのは、九十三歳で亡くなられた作家でありエッセイストの清川妙《きよかわたえ》さんでした。

これは、「春が暮れて夏になり、夏が終わって秋が来るのではない。春は春のまま夏の気配をきざしており、夏からすでに秋はきざし、秋はすぐに寒くなり寒いはずの十月は、小春日和《こはるびより》の暖かさで草も青くなり、梅もつぼみをつけてしまう」という意味

です。

重なりながらいち早く季節が巡っていくように、人の生老病死も、いかなる順序でやってくるかわからない。成し遂げようと思うことは、直《ただ》ちに実行すべきだということが述べられています。

やりたいことはくり越しをせず、できるかぎり、その場でやり切っていったほうがいいようです。

好奇心の保ち方

「ババちゃんにお話があります。賞味期限が切れたものは送らないでください」

甥《おい》や姪の子どもや孫たちがときどき私の家へ遊びにくるのですが、小さな子が私の前に来てこんなことをいうのです。

いただきもののジュースがうちにたくさんあったから、「彼らは飲むでしょうから送ってあげなさいよ」と、姪が来たときにいったのです。私は賞味期限なんて見てもいなかったけれど、こんな小さな子たちでもちゃんと自立していて、意見するんだなと思い、おもしろくて仕方がありませんでした。


一年前にはまだ口もきけなかった男の子が、母親の重たいハンドバッグを肩にかけて、「お出かけごっこしよう」とやっているのです。

私のところに回ってきては何度も手を叩《たた》いて、また走りだす。それを見て、同じことをよくずっとやっているなと感心したり。一歳児が夢中になっている絵本は、ちょっと押すと音楽が鳴るのです。それを自分でひょいと押して、リズムに合わせて踊っている。小さなうちから、こんなことができるのかとびっくりしてしまいました。

私が子どもの頃は何もなかったから、遊びといえば地面にいくつか穴を掘って小さなゴミを隠し、鬼が丸をつけながらどこに隠れているかを当てる「ゴミ隠し」。あとは、男も女もありゃしないずらっと連なった人馬にワッと順番に飛び乗っていく「馬乗り」くらいでした。

いまの子どもたちが遊ぶのを見て、単に昔はこうだったと懐古《かいこ》趣味で終わらせるのではなく、私たちの時代との違いは何だろうと突き詰めていくと、どんどん興味が広がっていきます。そういうことにワクワクすることができるのは、自分でもうれしいと思っています。

週刊誌の若い女性記者の方がわが家にいらしたときのこと、東日本大震災で停電した話になったときに、こんなことをおっしゃいました。「電気釜が使えなくて、どうやってごはんを炊《た》くんですか」

自分の想像を超えた質問に一瞬とまどい、そうかこの世代は、ごはんは電気で炊くものなのかと納得する。そういう新しい感覚に出会えるのも楽しいものです。

仕事関係の方も小さな子どもたちも、来客は疲れるし面倒だからつきあいたくないというお年寄りもいるでしょう。私も年じゅうはご遠慮願いたいですが、来てくれた人たちはたくさんの驚きや発見をもたらしてくれます。だから、イライラすることもないし、はねつけるのではなくおもしろがってしまうのです。

とくに限られた命になってきたら、心を閉ざしてしまってもつまらない。同じ時間をすごすなら、最後までいろいろなことを知って、「ああ、おもしろい」と思ったほうが得ではないですか。私のおもしろがり精神は、まだまだ治《おさ》まりそうにありません。

ぼけ防止になっているかもしれないこと

先日、姪とふたりで買いものに行こうとして、「そうだ、これも買ってこなくちゃ」と思い出したものがありました。出がけだったのでメモをせずにそのまま出発。そうしたら、途中で何を買うのかわからなくなってしまったのです。

姪に「ほら、あれ」といってもわからないでしょう。どうしても出てこないから、あきらめてコーヒー好きの彼女のために喫茶店に入りました。そうしたらプチクリームが出てきて、「そうだこれ！　買うの、忘れてた」と大笑い。姪と顔を見合わせて、「もう、いやになっちゃうね」といったのです。

自分ではしっかりしているつもりでも、人から見たら私だってぼけているかもしれない。最近はもの忘れもひどいものです。テレビや雑誌では、脳トレだのぼけを防ぐ体操や食べものだのが盛んに紹介されていますが、私は一生懸命に暮らしていればそれでいいのではないかと思っています。

ぼけない努力なんてしても仕方がないし、第一どうやったらいいかもわかりません。それよりも、日々何かすることがあるというのが大事なのではないでしょうか。なまじ時間があるからボーッとしてしまうのであり、追われるぐらいのことがあればぼける暇もなくて元気で生きられると思います。


おしゃべりをしたり夕食の献立を考えたり、十円でも安いものを探して買いものをしたりといった、いわゆる女の人がふだんしていることは自然に頭を使っているけど、男の人が定年退職すると、やることがなくなって早くぼけてしまうといいます。

本を読むにしても私の場合、だんだん目が悪くなってきて、以前のように夜中まで読書をするなんてこともできません。心を閉ざさないということを考えても、やはり人としゃべるのがいちばんいいのかもしれません。

いや、しゃべることだってやがてくたびれるのかもしれませんが、それを少しずつでもやることで、衰えを防げるのではないかと私は思います。人と直接会うのがむずかしければ、電話で少しおしゃべりをするだけでもよい刺激になります。

百三歳で現役の美術家である篠田《しのだ》桃紅《とうこう》先生、ときに「元気？」なんてときどきお電話をいただくのです。そして私と同じように、ひとり暮らしをされていた写真家の笹《ささ》本恒子《もとつねこ》さんは、これまた大先輩の百二歳。毎晩ワインを飲んでいるとおっしゃるので、「どっちがお好き？」「私は赤」「私も赤。じゃあ、今度ご一緒に飲みましょうね」なんていっていたのに、ご自宅で転倒されて、いまは鎌倉の老人ホームにいらっしゃるとか。

離れていても人とつながりをもっておしゃべりをするだけで、自然に脳も活性化されているような気がします。

仕事に関しては、マネジメントというほどのものではないのですが、すべて自分でスケジュール管理をしており、約束の日などを忘れないよう気をつけているつもりです。

私は昔から一ヵ月の予定がひと目でわかる伊東屋のカレンダー兼スケジュール帳を愛用しており、そこに何でも書きこんでしまう。いわゆる覚え書きですね。それがつねに電話のそばに置いてあり、身内の者にも私の行動がわかるようになっています。

「食いしん坊」が健康の助け

小さいときから私は、とにかく食べることが好きだったようです。

「この子は何でも食べたがってね。口に入れるものなら、どんなものでもいいんだね」

そんなことを祖母にいわれたことがあります。食べるものがない戦時中でも、「この食料がないときに、どうしてやせないんだろう」と友人が不思議がるほど太っていました。

小太りぐらいが健康でいいという料理学校の先生の言葉を前向きに受けとめて、私はほとんど食事制限などせずに暮らしてきました。

唯一、四十代の頃に乳がんかもしれないといわれ、「ホルモン受容体が陰性だから、脂肪分を減らしてやせなさい」とお医者さんにいわれたときは、一年間で一〇キロ落とすということをしましたが、セカンドオピニオンで乳がんの疑いが晴れると、しばらくしてまた食べてしまう。

今回の入院でも二週間で四キロやせて、しめしめと思ったのもつかの間、退院後に食事を戻したら、どんどんおなかが出てくるから困ってしまいます。

そんな自分を擁護《ようご》するようですが、自他ともに認める「食いしん坊」であったことが、結果的にこれまでに大きな病気をしたことがないという、健康の助けになってきたように思います。


前向きに毎日をすごすために私が大事にしているのは、何よりも健康です。

からだの調子が悪いと人間は暗くなるし、せっかく描いた人生の設計図を実現に移すこともできません。そして、健康を維持するために欠かせないのが「食」。自分のからだは自分で責任をもって養わなくてはならないと思っているので、私はこれまでよい食生活を送るように努めてきました。

もっとも、よい食生活とは、豪華なものを食べることでもなければ、カロリー計算に熱心になりすぎたり、流行の食事法を取り入れることでもないと思います。

健康のためにこれを食べなければならないというのではなく、くり返しになりますが、普通のものをバランスよく食べるのがいちばん。私は自分の菜園で育った旬《しゅん》の野菜を好きなように調理して食べるのも好きだし、各地の特産品を取り寄せるのも楽しみのひとつ。「わぁ、おいしそう」と思ったら、何でも一生懸命に食べてしまいます。

本当は腹八分目がいいのかもしれませんが、八分目で終わらないぐらいおなかがすくこともあるでしょう。ですから、あまり格言にはとらわれませんし、「これが生活のコツだ」なんてものはないのです。

年とともに「あそこのお寿司は絶品」だとか、「天ぷらならここ」など、おいしいものを知っていくのもうれしいもの。そして私の好物だと知っている方が、「お好きでしょう」と持ってきてくださったときの喜びも格別です。

人間の欲望で最後まで残るのは食欲ですね。だったらそれを満たすためにいちばん力を注《そそ》いでお金も使うという、それぐらいしてもいいのではないかと私は思っています。もっといえば、自分は長年働いてきたのだから、全部そこに注いでもいいやという気持ちなのです。

わけあってバリアだらけ

もともと運動はきらいではないほうで、十代の頃はバスケットボールをやっていました。しかし働きはじめると次第に忙しくなり、わざわざジムにスポーツをしにいくとか、健康体操のようなものもやっていられないので、せめて外に出たときはたくさん歩くように心がけました。

その習慣がしみついているせいでしょうか、いまもあえて時間をつくって運動をするというようなことはしていません。

牛乳を沸《わ》かしながら、シンクにつかまってスクワットをする。椅子に座りながらストレッチのまねごとをする。掃除や草むしり、物が落ちたら拾うといったことを、億劫《おっくう》がらずに一生懸命にやる。

これまでに何度か早朝に近くの善福寺《ぜんぷくじ》川《がわ》緑地を歩いてみたのですが、一週間と続きませんでした。慣れない体操を生活に取り入れてもそうなるのは目に見えているので、私は日常の中でからだを動かすようにしているのです。

また、周囲から猛反対を受けながらも、あえて家の中から段差やまわり道をなくさないようにしています。この年になっても家をバリアフリーにしないのは、段差に気をつけながら歩くことで足腰を甘やかさないため。それから、わが家の台所は動きが最短距離にならないようにつくられています。

ゆっくりでもいいので、アイランド型の作業台をぐるりと半周して道具を取る。それが適度な運動となり、からだの弱りを防ぐのではないかという気がしているからです。

もっとも、高いところにあるものを取ったり、しゃがんだり、重たいものを運ぶといった動作は以前のようにはいきません。けれども重いものが持てなければ台車を使う、高いところがだめなら踏み台を使うなど、工夫をすればいいのです。

いまは安定感のあるプラスチック製の踏み台が、通販カタログなどにいくらでも出ています。そういうものを買い揃《そろ》えて、家のあちこちに置いておくのです。見た目は決してよくはないし、そんなものがあるから部屋が狭くなってときどき蹴《け》とばすのですが、もうお客さまのためではなく自分のために生きればいいのだからと、半分割り切っています。

本当なら、やりにくいことは人に頼んでしてもらったほうが助かるのです。人生初の介護申請で要支援一もついたのですから。けれども、動かなくなるとどんどん足腰は弱ってきてしまうでしょう。長く当たり前の日常を続けるためにも、できるだけ家の中のことは自分でやりたい。いまは時間もたっぷりあるのだから、休みながらゆっくりやったって誰からもとがめられません。

バリアフリーではなくバリアだらけ、そして動線も決してよくないわが家ですが、時代に逆行するかのような朴訥《ぼくとつ》とした空間が、私にとってはなぜか落ち着くのです。

五十年間続けてきた新聞連載はまだまだ続ける

新潟日報の生活面で、連載「吉沢久子の家事レポート」が始まったのは、一九六七年のこと。夫が同紙に「新潟遠望」というコラムを持っており、うちでお酒を飲んでいるときに担当の女性が、「吉沢さんも家事について書いてみては」と切りだしたのがきっかけでした。

お正月など特別なとき以外は毎週締め切りがあるので、たいへんなことはたいへんですが、とくにテーマが決められているわけでもないので、日記を書くように淡々と続けてきました。

うちに来る鳥のことや、紅生姜《べにしょうが》を漬けた、さざんかが咲いたといった日常のことから、原発、老い、選挙までそのときどきで題材を選び、書きだめはしません。

およそ五十年間、この連載を私は一度も休んだことがありませんでした。しかし、昨年の検査入院のあと、からだのことを考えて、やむなく三ヵ月間休載。その後、隔週での連載再開となったのです。

これだけ長く連載を続けていると、読者の方ともすっかりお近づきになり、「新聞を開いてみたら、家事レポートがないのでびっくりした」「一回でも多く載《の》せて」といったうれしい声をいただいたり、私が書いていない間にはこんな投書が紙面に出ていました。

「妻が病気なので、吉沢さんが紹介してくれた料理をつくってみました。うまくできているかどうか、妻は笑っていますが私は一生懸命やって満足しています」

また、毎年冬につくる「ゆべし」について、「今年はどうしようかなと思ったけれど、来年はつくれるかわからないから、やっぱりつくることにした」と書いたら、「自分もつくろう、つくろうと思いながらしなかったけど、今年こそやります」という読者の方からのコメントが載っていたのです。

変な話、来年は生きているか死んでいるかもわかりません。誰だってそうです。そう思ったら、先延ばしにせず、いまつくろうと。そんな私の気持ちに共感してくださった方が手紙を書いてくださったのでしょう。こういうものが励みとなって、今日まで続けてこられたのだと思っています。

連載を始めたことで思わぬ発見もありました。書くという目的があると、何かを見たり聞いたりしたときに、張っておいたアンテナにいろんなことがひっかかってくるのです。

それを忘れないうちにメモしておく。約五十年間、毎週の締め切りがあったからこそ、私は無意識のうちにおもしろいこと、強く感じたこと、見落としてしまいそうな小さなことに反応することができたのだと思います。

毎日送られてくる新潟日報とは別に、いまでも新聞三紙をとっているのは、連載のテーマが単調にならないよう広く目を配《くば》らなければという思いからで、これらすべてが生活の張りへとつながったのだと感じます。

ライフワークともいえるこの連載は、断られるまでやらなくてはならないと思っていますし、そこにエネルギーを残しておかなければと考えています。

一生活者の目で書いてきた

家事評論家という肩書をもらったのは、私が三十二歳のときです。東京日日新聞にいた友だちに、何か記事を書いてほしいといわれ身のまわりのことを綴《つづ》ったら、肩書が必要だという。そんなもの考えたこともなかったけれど、ただひとこと、「私は専業主婦じゃないから、主婦はいやよ」といったら、彼女がつけてくれたのです。

それで、家事評論家第一号になってしまいました。それまでは、家事評論家などという言葉はありませんでしたし、家事が仕事になるとは誰も思っていなかったことでしょう。

これを機に料理番組の出演や執筆、講演と目のまわるような日が続きました。やがて五十代にさしかかると、少し手が違ってきて鯵《あじ》の頭をパッと切り落とすというようなことがむずかしくなってきました。

料理番組の仕事はやめたので、「このごろ私、家事関係の仕事はやっていないのですが」とぽつりといったら、誰かが「じゃあ生活評論家だ」と。どれもまわりが勝手につけているだけで、実際のところ私は何も評論なんてしていないし、人に教える資格なんてあるわけがないのです。

ただ私はとてもラッキーだったのです。

毎日の暮らしのこと、姑との生活で経験した介護のこと、まさにいま、私自身が向きあっている「老い」について。生きている中で直面して、そのつど自分のテーマになることがいつも、まだ誰も目を向けていない分野でした。

そして、つねに自分の暮らしを自分で考え、自分が体験したことだけを取りあげて、「私はこうだったのよ」「こうしたらいいのでは」ということを綴ってきました。だから本を書くたびに、たくさんの方が関心を寄せてくださったのだと思います。

ひとことでいえば、私は一生活者なのです。普通の家のごく当たり前の台所で、夫や姑のために大根を刻《きざ》み、庭掃除をし、近所の商店街へ豆腐を買いに出かける。この当たり前の生活を何十年も続けてきたというのが私の強みで、これを失ったら自分の価値はなくなってしまうと思っています。家族を見送ってひとりになっても生活の基本は変わっていません。

正直いって、自分がここまで長く生きるとは予想もしていませんでした。でも、生きている限りは、どうすれば毎日が楽しくなるかを考え、自らの手で暮らしを紡《つむ》いでいく、そんな生活者でありつづけたいと思っています。

「続ける」シンプル習慣

ひとり暮らしで困るのは、いまはひたすら眠るのがいいとわかっていても、玄関のベルが鳴ったり電話がかかってくると、つい起きあがってしまうことです。

でも昨年の検査入院で悪いところが見つかってからは、もう絶対に危ないことはしないと心に誓いました。いまは疲れたり風邪気味かなと思ったときは、ベルに耳を閉ざして寝ていることにしています。退院後しばらくは、電話をファクスに切り替えていました。

どうしてこんな簡単なことがいままでできなかったのだろうと思いますが、私は電話が鳴ると相手を待たせてはいけないと思って、反射的に急いで出てしまうようなところがあるのです。

それをよく知っている甥が心配して、家にいても留守電にしておけといって設定をしてくれました。

何にもわずらわされずに休むことがないと元気印ではいられませんから、長く健康でいるためには、こういった工夫も必要になってきますね。

一方、私自身の発信手段としては、こちらの都合で相手を呼びだす電話よりも、ハガキをよく利用します。遠くに住む友人に近況を知らせたり、いただきものをしたときのお礼、また読者の方から毎日のようにお手紙をいただくので、お返事をハガキで出します。

ただし、長々とした文章ではなく、ほんのひとこと、ふたことで終わってしまうのが吉沢流。かつて親しい人に「あなたのハガキ、電報みたいね」と笑われました。だから、絵ハガキが重宝《ちょうほう》するのです。

鳩居堂《きゅうきょどう》で見つけた季節のものや、知りあいが手づくりした押し花のハガキなどを箱にストックしておき、万年筆や切手とともにすぐ取れる場所に置いておく。そうすると、時間ができたときにさっと書くことができます。

いまは書くことぐらいは普通にできていますが、やがてハガキを書くこともつらくなる日が来るかもしれません。でも、文字を書くことも読むことも、毎日やっていれ

ばきっと続けられる。そう信じています。やはり些細《ささい》なことでも、「続ける」という
ことが大事なのだと思います。

「一日二食」を七十年

十時に遅めの朝食をとり、夕食は六時半という「一日二食」の生活を、七十年ほど続けています。理由は簡単。お昼を食べてしまうと晩酌がうまくない、眠くなるという酒のみの夫に何となくつきあってきてしまっただけで、特別な健康法というわけではありません。

中途から同居を始めた姑は三食きちんと摂《と》っていたので、お昼になると、おかずをお弁当風に盛りあわせたものやサンドイッチを姑の部屋へ運んだりしていました。九十歳をすぎてもお肉が大好きで食欲旺盛《おうせい》であった姑は、ときにいたずらっぽい顔でこんなことをいいます。「今朝のテレビでカレーをつくってみせていたの。おいしそうで食べたくなっちゃった」。すると何だか私も食べたくなり、さっそく「今日のお昼はカレーに決定」とつくりはじめます。

カレーをつくるときのにおいは、隠せないでしょう。すると夫がのこのこと台所へ出てきて、「俺も今日は食う」と。夫はカレーが大好物なのです。それで案の定、仕事を忘れて昼寝になってしまう。やっぱり親子だなあと思うほど、カレーを食べるときの二人はよく似ていました。

いまはひとりなので、いつ何を食べても自由ですが、からだが一日二食にすっかり慣れてしまっているので、あえて食事のタイミングを変えてはいません。ただし、夜におなかをいっぱいにするのはよくないと昔からいわれていたので、夕食後はものを食べないように気をつけています。

そうはいっても、本当におなかがすけば、少しだけ食べてしまうときもあるし、おせんべいやクッキーがつねに家にはあるので、日中はそんなものをお客さんと一緒につまんでみたり。もう本当に自然まかせ。からだが欲することですから素直に従っています。

ご近所に住む谷川俊太郎《たにかわしゅんたろう》さんは「一日一食」を実践しているとか。食いしん坊な私は純粋に、それでもつのかしらと思いましたが、どう食べるかは他人がとやかくいうことではありませんね。三度三度、きちんと食事を摂るのがいまは健康の基本のようにいわれていますが、日本で一般に一日三食というスタイルが定着したのは、わずか百年ほど前からだと聞いたこともあります。

本人が納得して健康だと感じていれば、暮らしに合わせて食事も考えればよいのではないでしょうか。

肝心なことは食べる回数よりもその中身。私などは何が入っているかわかるし栄養のバランスも自由に調整できるから、やはり自分でつくって食べるということをできる限り続けていきたいと思っています。

やりたいことをあきらめない私のルール

最近は足元が心もとないので、電車やバスを使って移動するのはむずかしくなりました。ただしその場所に行ってしまえば立ったり座ったりはできるわけですから、通院や買いもの、そしておいしいものを食べに行くときは、タクシーを使うようにしています。

これまで長く働いてきたのだし、私は衣類や宝飾品にはほとんどお金を使うこともありません。その代わり食べること、そして足がきかなくなってからは出かけるときに必要なタクシー代は出し渋らないようにしています。

タクシー代をケチってしまうと外へ出なくなり、どんどん世界が狭まってしまうでしょう。また年をとると転倒がいちばん怖いといいますから、あわてん坊な私は安全を買うぐらいの気持ちでいたほうがいいのです。

私は昔から好奇心のかたまりみたいなところがありました。

十代で就職した時事新報社では、私がどこにでもホイホイとついていくから、みんなおもしろがっていろんなところへ連れていってくださったのです。とくにお世話になった石井満《いしいみつる》先生には、本物の味というものを教えていただきました。

忘れもしない、「これは、この時季《じき》にしか食べられないんだよ」と先生に教えられ、東京会館のレストラン「プルニエ」ではじめて食べた牡蠣《かき》の味。また先生が会談をしている間、「あそこで食事をしていなさい」といわれて、帝国ホテルのグリルで泣きそうになりながら、それでも食べたい一心で必死になってひとり食事をした記憶があります。

その性質はいまも健在で、この年齢になっても私にはまだまだ見たいものがあるし、食べたいものもあります。たとえ交通費のほうが高くついても、それを満たすことができ、外に出ることを面倒に感じなくてすむのなら、私は喜んでタクシーを使いたい。自分を楽しませるものを奪わないための、私なりのルールです。

自然のままに生きて、いまを楽しむ

「百歳まであと少しですね」「これまでの人生をふり返ってみていかがですか？」

ここ数年、そんな質問を受けることが多くなりました。

結論からいうと、年を重ねることに対して、特別な思いというものはないのです。百歳までがんばろうと考えたこともないし、戦時中に刷りこまれた「あしたのことはわからない」の精神で今日まで来てしまったというのが正直な気持ちです。

大正七年に東京の深川《ふかがわ》・木場《きば》で生まれた私は、大正、昭和、平成とそれぞれの時代を生きてきました。そんな生き証人のような者が繰《く》りだす人生論を期待されていたらたいへん申しわけないのですが、私の場合、何も考えずにまことに自然に生きてきてしまいました。これからも、それは変わらないでしょう。

私はもう長く生きてきましたから、いまでは無理にあがいて何かをしようとも考えていません。ぼけるのも死ぬのも自然にまかせるしかない。ただただ自然のままに生きて、いまの生活の中で楽しめればそれがいちばんです。

だから、食も楽しむし、夕日もゆっくり見て楽しみ、鳥や植物との会話も楽しみます。そして、当たり前の何でもない日常を少しでも長く楽しむために、ほんの少しの工夫や努力を惜《お》しみません。あとは、あるがままに生きて自然に消えていけたらいいなと思っています。

人は生まれるより、この世を去るときのほうがずっとたいへんですね。やはり何十年も生きているといろいろなことがありますから、きれいさっぱりというわけにはいきません。せめて心の中だけでも、静かに安らかにと願うばかりです。

著者略歴

一九一八年、東京都に生まれる。家事評論家、随筆家。文化学院卒業。文芸評論家・古谷綱武と結婚、家庭生活の中から、生活者の目線で暮らしの問題点や食文化の考察を深める。一九八四年からはひとり暮らし。さらに、快適に老後を過ごす生き方への提言が注目を集めている。

著書には『吉沢久子 97歳のおいしい台所史』(集英社)、『吉沢久子、27歳の空襲日記』(文春文庫)、『ほんとうの贅沢』(あさ出版)、『96歳 いまがいちばん幸せ』(大和書房)、『前向き。93歳、現役。明晰に暮らす吉沢久子の生活術』(マガジンハウス)、『年を重ねることはおもしろい。』『人間、最後はひとり。』『今日を限りに生きる。』(以上、さくら舎)などがある。

人《ひと》はいくつになっても生《い》きようがある。
——老《お》いも病《やま》いも自然《しぜん》まかせがいい

二〇一六年九月一〇日 第一刷発行

著者 吉沢久子《よしざわひさこ》
発行者 古屋信吾
発行所 株式会社さくら舎 http://www.sakurasha.com
東京都千代田区富士見一-二-一一 〒一〇二-〇〇七一
電話 営業 〇三-五二一一-六五三三 FAX 〇三-五二一一-六四八一
編集 〇三-五二一一-六四八〇
振替 〇〇一九〇-八-四〇二〇六〇
装丁 石間 淳
写真 高山浩数
編集協力 ふじかわかえで
印刷・製本 中央精版印刷株式会社

ISBN978-4-86581-069-1